双葉文庫

はぐれ長屋の用心棒

おっかあ

鳥羽亮

目次

この作品は双葉文庫のために書き下ろされました。

おっかあ　はぐれ長屋の用心棒

第一章　伊達者《だてもの》

一

「あら、旦那、腰を浮かせて、どうしたのさ」

お吟《ぎん》が慌てた様子で、座敷へ入ってきた。手に銚子を持っている。

「い、いや、急ぎの仕事を思い出してな」

華町源九郎《はなまちげんくろう》は、浮かせた腰を沈めて座りなおした。お吟が持ってきた銚子だけは、飲んでから帰ろうと思ったのである。

深川今川町《いまがわちょう》にある小料理屋、浜乃屋《はまのや》の座敷だった。浜乃屋は小体《こてい》な店で、客を入れるのは戸口を入った土間の先に衝立《ついたて》で間仕切りのしてある座敷だけである。

店の主は女将《おかみ》のお吟、板場に吾助《ごすけ》という還暦にちかい寡黙な男がいるだけで、小女も酌婦もおいてない。

「急ぎの仕事って、旦那、傘張りじゃァないの」

お吟は膝を折ると、肩先を源九郎の胸に押しつけるようにして銚子を取った。

「い、いや、頼まれた仕事を思い出したのだ」

源九郎は五十八歳、はぐれ長屋と呼ばれる貧乏長屋に住む牢人だった。仕事は傘張りの賃仕事。当然それだけでは食っていけず、華町家からのわずかな合力で暮らしをたてている。

源九郎は五十石の御家人の家督を倅の俊之介《しゅんのすけ》にゆずり、長屋で独り暮らしを始めてから数年になる。妻を病で失っていた源九郎は、独り息子の俊之介が君枝《きみえ》という嫁をもらったのを機に、家を出たのだ。狭い家で倅夫婦と顔を突き合わせ、気兼ねして暮らすのが嫌だったのである。

その倅夫婦の間には新太郎《しんたろう》と八重《やえ》というふたりの子ができ、源九郎の長屋暮らしも板に付いてきた昨今である。

「でも、まだ、暮れ六ッ（午後六時）過ぎたばかりだよ」

お吟は源九郎の胸にしなだれかかり、甘えるような声で言った。

着物の襟元から赤い襦袢《じゅばん》と色白の首筋や胸の谷間が見え、かすかに脂粉の匂いがした。なんとも色っぽい。

「そ、そうだな、まだ、早いな」

思わず、源九郎の鼻の下が伸びた。

源九郎とお吟は、すでに情を通じ合った仲だった。お吟は浜乃屋の女将に収まるまで、袖返しのお吟と呼ばれた女掏摸《すり》であった。そのお吟が、父親の栄吉《えいきち》とともに掏摸仲間のからんだ事件にかかわったとき、掏摸仲間に命を狙われたことがあった。そのとき、源九郎の長屋に匿《かくま》ってもらい、ふたりで暮らすうちに情を通じあったのだ。なお、父親の栄吉はそのとき殺され、お吟は天涯孤独の身であった。そんなお吟にとって、源九郎は情夫《いろ》であると同時に父親のような存在でもあったのだ。

「ねえ、旦那、今夜は泊まっていってくださいな」

お吟が、肩先を源九郎の胸に押しつけながら言った。

「そ、そうは、いかん。急ぎの用が……」

源九郎の声がつまり、顔が赭黒《あかぐろ》く染まった。むろん、急ぎの用などない。店を出る口実が欲しかったのである。

源九郎の丸顔ですこし垂れ目の人のよさそうな顔が、困惑したようにゆがんでいた。それでも、源九郎の目は、ちらちらとお吟の襟元の胸の谷間や首筋などにそそがれている。お吟の色気に負けそうである。

そんな己を叱咤《しった》するように、源九郎は、

……いかん、いかん、いくらなんでも泊まるなど。

と、胸の内でつぶやいた。

一度、泊まれば、そのまま居つづけることになるだろう。孫がふたりもいるようない歳をして、料理屋の女将の情夫などになっていっしょに暮らし始めたら、世間の笑い者である。

源九郎は笑われてもかまわないが、お吟がかわいそうだ。お吟もすでに大年増《おおどしま》だが、まだまだ若い男と所帯を持ち、子供を産んで、母親としてやっていける歳である。棺桶に片足をつっこんだような源九郎とはちがうのだ。

それに、源九郎はふところ具合もすこし心配だったのである。これ以上、飲むと金が足りなくなるかもしれない。いくら、情を通じ合った仲とはいえ、飲み代を払わないわけにはいかないのだ。

そのとき、表の格子戸のあく音がし、女将、いるかい、と威勢のいい男の声がした。客らしい。

「吉助《きちすけ》さんだわ」

お吟が、肩先を源九郎の胸から離した。

吉助というのは、近所に住む四十がらみの船頭だった。色の浅黒い小柄な男である。常連客らしく、源九郎も何度か店で吉助と顔を合わせたことがある。

お吟が指先で襟元をなおして、立ち上がった。顔がしまり、甘ったれたような表情は消えていた。いつの間にか、小料理屋の女将の顔になっている。

……いい潮時だ。

と、源九郎は思った。

「お吟、また、近いうちに寄らせてもらうよ」

そう言い置いて、源九郎も立ち上がった。

お吟も、吉助といっしょに入ってきた三人の客の応対におわれて、源九郎にかまけていられなくなったようだ。

飲み代を払って店の外に出ると、星空だった。東の空に、十六夜の月が皓々《こうこう》とかがやいている。

おだやかな晩春の宵の口である。風はやわらかく、酔いで火照《ほて》った肌をここちよく撫《な》でていく。

源九郎は懐手をして、大川端へ出た。川面が月光を反射《はね》て、無数の銀色《しろがねいろ》の起伏をきざんでいる。日中は猪牙舟《ちょきぶね》や屋根船などが行き交っている川面に船影はなく、滔々《とうとう》とした流れが、夜陰におおわれた江戸湊《えどみなと》の彼方までつづいている。

対岸の日本橋の家並は深い闇のなかに沈んでいたが。かすかな灯《ひ》のまたたきが見えた。足元から、絶え間なく、汀《みぎわ》に寄せる川波の音が聞こえてくる。

大川端にはちらほら人影があった。ここちよい春の宵に誘われ、そぞろ歩く飄客《ひょうかく》や飲みにでも行くらしい若者連れなどである。

源九郎の襟元から、いい匂いがただよってきた。お吟の残した脂粉の匂いらしい。

……お吟も、たまには抱いてやらんと、かわいそうかもしれんぞ。わしも、罪な男だわい。

そんなことをつぶやきながら、源九郎はニヤニヤしながら歩いていた。通りすがりの者が、その顔を見たら気でも触れたかと思うかもしれない。

そのとき、源九郎の浮ついた気分に冷水でもかけるように、甲高い女の悲鳴が聞こえた。

見ると、半町ほど先の小名木川《おなぎがわ》にかかる万年橋のたもと近くに、いくつかの人影があった。月光に、派手な弁慶格子や棒縞などの模様の着物が浮き上がって見えた。男の揶揄《やゆ》するような声や下卑《げび》た笑い声なども聞こえた。どうやら、数人の遊び人ふうの男が、通りかかった娘にからんでいるらしい。

からかっているだけではなさそうだ。女の悲鳴には切羽詰まったひびきがあったし、男たちは女を取りかこんでいるようだった。手籠めにでもする気ではあるまいか。

源九郎は走りだした。見逃すわけにもいかなかったし、通り道でもある。

「待て、待て」

源九郎が声を上げた。

二

男は四人いた。いずれも町人で、十五、六歳と思われる若者だった。四人とも角帯姿で両袖をたくし上げ、派手な模様の単衣《ひとえ》を尻《しり》っ端折《ぱしょ》りしていた。

ちかごろ、両国広小路《ひろこうじ》や富ケ岡八幡宮界隈《かいわい》の盛り場で、目にするようになった伊達《だて》気取りの若《わか》い衆《し》である。

娘は十六、七歳と思われる町娘だった。若者ふたりに肩をつかまれ、蒼ざめた顔で顫《ふる》えている。

「なんだ、てめえは！」

大柄で赤ら顔の男が、声を上げた。

「通りすがりの者だが、娘ごが嫌がっているではないか。手を離してやれ」

源九郎がおだやかな声で言った。

「爺《じい》さん、怪我をしたくなかったらひっ込んでな」

ひょろっとした長身で、細い目の狐のような顔をした男が、口元にうす笑いを浮かべて言った。

すると、娘の肩をつかんでいた丸顔で、まだ子供らしさの残っている男が、

「爺《じじ》いの出る幕じゃァねえよ。とっとと帰《けえ》んな」

と、罵《ののし》るような声で言った。

源九郎が年寄りと見て馬鹿にしているようだ。

「おまえたちが、その娘ごを離してやれば、わしも帰る」

源九郎は動かなかった。

「うるせえ爺いだ。すこし、痛い目に遭《あ》わせてやれ」

赤ら顔の男が言った。どうやら、この男が兄貴分らしい。

「やろう！　年寄りだって、容赦しねえぞ」

長身の男がさらに両袖をたくし上げて握り拳をつくると、丸顔の男ともうひとりの小柄な男が娘から手を離し、すばやい動きで源九郎の左右にまわり込んできた。

娘は顫えながら、路傍へ逃れた。色白の可愛い娘である。

「やっちまえ！」

四人の若者は殴りかかってくるつもりらしく、獲物に迫る野犬のような目をして源九郎に迫ってきた。

「仕方ないな」

源九郎は後じさりして四人から間を取ると、抜刀した。

「やッ！　抜きゃあがったぞ」

丸顔の男が、ひき攣《つ》ったような声を上げて後ろに跳んだ。

「すこし痛い目をみるだけだ」

そう言って、源九郎は刀身を峰に返した。斬らずに、峰打ちにしようと思ったのである。

それでも刀を手にすると、源九郎の顔が豹変した。茫洋《ぼうよう》とした人のよさそうな表情が消え、剣客らしい険しさと凄《すご》みがある。

源九郎はどこから見ても尾羽打ち枯らした貧乏牢人だが、剣は鏡《きよう》新明《しんめい》智流《ちりゆう》の達人であった。

「だ、だんびらなんぞ、怖かァねえ！」

長身の男が、甲走った声を上げた。強がりを言ったくせに、体は顫え、振り上げた拳が小刻みに揺れている。

「脇から蹴り上げろ！」

赤ら顔が吼《ほ》えるような声で言った。

その声で、源九郎の左手にいた小柄な男が、いきなり踏み込んできた。

瞬間、源九郎の体が躍り、閃光《せんこう》が疾《はし》った。

青眼の構えから袈裟《けさ》に。

源九郎のふるった一撃が、小柄な男の肩口をとらえた。一瞬の体捌《たいさば》きである。

ギャッ！　という悲鳴を上げて、小柄な男がのけ反った。男はたたらを踏むように前に泳いでから、体勢を立て直して足をとめた。その顔が驚愕《きようがく》と恐怖にこわばっている。源九郎の剣の冴えに度肝を抜かれたらしい。

「ちくしょう！」

長身の男が殴りかかってきた。

すかさず、源九郎は体をひらいて男の拳をかわしざま、刀身を横に払った。

ドスッ、というにぶい音がし、長身の男の上体が前にかしいだ。源九郎の峰打ちが、男の腹を強打したのだ。

男は喉のつまったような悲鳴を上げ、腹を押さえてその場にうずくまった。苦しげに顔をゆがめて、低い呻《うめ》き声を洩《も》らしている。

「まだ、やるか」

源九郎は切っ先を赤ら顔の男の鼻先に突き付けた。

「に、逃げろ！」

赤ら顔の男は恐怖に顔をゆがめて反転すると、一目散に逃げだした。つづいて小柄な男が逃げ出し、丸顔の男がつづいた。最後に、長身の男が腹を押さえてよたよたと逃げていく。

「娘ご、大事ないかな」

源九郎は路傍で顫えている娘に声をかけた。

「は、はい……」

「もう、だいじょうぶだ。ところで、家は近くかな」

源九郎は、近くなら送っていってやろうと思ったのである。

「松井町です」

娘が小声で言った。いくぶん、顔に赤みがさし、体の顫えもとまっている。安心したらしい。

「松井町なら、帰りがけだ。送って行こう」

本所松井町は竪川《たてかわ》の南河岸にひろがる町である。源九郎の住むはぐれ長屋は竪川を渡った先にある。

「ありがとうございます」

娘の顔に笑みが浮いた。

歩きながら娘が話したことによると、安田屋《やすだや》という瀬戸物屋の娘で名はお松《まつ》。深川清住町《きよすみちょう》にある母の実家に用足しに行き、帰りに万年橋のたもとまで来たとき、四人の男にからまれたという。

「まァ、暗くなったら出歩かぬことだ。ちかごろ、物騒だからな」

源九郎は、安田屋を知っていた。奉公人がふたりいるだけの店だが、手堅い商いで知られていた。

源九郎は安田屋の店先まで、お松を送って行った。店の大戸はしまっていたが、脇のくぐりがあきそうである。お松は店先に立ったまま何度も頭を下げ、源九郎にくどいほど礼を言った。

三

はぐれ長屋は、竪川にかかる一ツ目橋を渡った先の相生町《あいおいちょう》一丁目にあった。竪川沿いの道に並ぶ表店《おもてだな》から細い路地を入った先にあり、裏手は回向院《えこういん》である。

長屋の大家は伝兵衛《でんべえ》で、伝兵衛店という名があったが、はぐれ長屋の方が通りがよかった。住人の多くが、源九郎のような食いつめ牢人、大道芸人、その日暮らしの日傭取《ひようと》り、無宿者、その道から挫折した職人などのはぐれ者だったからである。

下駄屋と米屋の間の路地木戸を入ると、正面にはぐれ長屋の四棟の輪郭が夜陰のなかにぼんやりと見えていた。まだ、灯の洩れている家もあるらしく、かすかな明りが長屋をつつんでいる。

いつもは、腰高障子をあけしめする音や水を使う音などにまじって、亭主のがなり声や赤子の泣き声、子供を叱りつける女房の甲高い声などがあちこちから聞こえ、騒然とした雰囲気につつまれているのだが、いまは静かだった。

それでも、まだ起きている家も多いらしく、表の腰高障子が明らみ、男のくぐもった声や赤子をあやす女房の声などが、かすかに聞こえてきた。

源九郎が長屋の井戸端まできたときだった。突然、長屋の北側の棟から瀬戸物の割れる音が聞こえ、荒々しく腰高障子をあける音がひびいた。

「仙吉《せんきち》、どこへ行くんだい！」

女の叫び声が聞こえた。母親らしい声である、ときおり、耳にする声だが、咄《とっ》嗟《さ》にだれなのか思い浮かばなかった。

「うるせえ、おれの勝手だ！」

つづいて、男の怒鳴り声がした。声に子供のような高いひびきがある。

「待ちな！」

「やなこった」

どたどた、と路地を駆ける足音が聞こえた。

母親の方は足をとめたらしく、北側の棟の近くで、仙吉！　という悲痛な女の声がひびいた。

見ると、若い男がひとりこちらへ走ってくる。派手な弁慶格子の単衣を裾高に尻っ端折りし、両脛《りょうずね》をあらわにしていた。

源九郎は男がだれなのか思い出した。長屋に住む仙吉という若者である。若者というより、少年といった方がいいかもしれない。たしか、十四、五歳のはずである。

母親の名はおとせ。母一人子一人の家である。おとせの亭主は、深川の材木問屋に奉公していた木挽《こび》き職人だったと聞いている。その亭主が、六年ほど前、倒れてきた丸太の下敷きになって死んだ。その後はおとせが、日傭取りに出たり、商家の下働きをしたりして母親ひとりの手で仙吉を育てていた。

……また、親子喧嘩か。

と、源九郎は思った。

ちかごろ、仙吉の素行がよくないらしく、母親のおとせと言い争う声が源九郎の耳にもときおり聞こえてきた。ただ、長屋の親子喧嘩や夫婦喧嘩はめずらしくもないので、気にもとめなかったのだ。

仙吉が、源九郎の前に走ってきた。仙吉は源九郎の姿を目にとめると、驚いたような顔をして足をとめたが、

「そこを、どいてくれ」

と、とがった声で言うと、源九郎の脇をすり抜けて路地木戸の方へ走り去った。これから夜遊びにでも行くつもりなのであろうか。

北側の棟の方で、うちの子は、どうしちまったんだろうね、あんな子じゃなかったのに、と悲嘆にくれたようなおとせの声が聞こえたが、家に入ったらしく、それっきり静まってしまった。

源九郎は自分の家の腰高障子をあけると、面倒なので行灯《あんどん》に火も点《つ》けず、手探りで夜具を敷くと、着たままの格好で寝てしまった。


「華町の旦那、起きてますか。華町の旦那」

戸口で女の声がした。

源九郎が寝ぼけ眼をこすって表の腰高障子に目をやると、陽が射していた。五ツ（午前八時）ちかいのかもしれない。寝過ごしたようだ。

「旦那、まだ、寝てるんですか」

女の声に、いらだったようなひびきがくわわった。障子に巨大な雪だるまのような影が映っている。

お熊《くま》のようだ。お熊は、源九郎の斜向《はす》かいに住んでいる助造《すけぞう》という日傭取りの女房である。歳は四十過ぎ、でっぷり太った樽のような女で、色気などまったくない。その名の通り、熊のような女なのだが、心根はやさしく面倒見もよいので長屋の住人には好かれていた。源九郎に対しても親切だった。独り暮らしの源九郎を気遣って、ときおり残り物の惣菜や多めに炊いためしなどを持ってきてくれる。

「お熊か、しばし、待て」

色気のないお熊でも、袴姿で寝てしまっただらしのない格好は見せられない。お熊がどう思うかは別にして、すぐに長屋中にひろまるからである。

源九郎は慌てて夜具を丸め、枕屏風の陰に押しやると、皺《しわ》だらけで捲《まく》れ上がった袴をたたいて伸ばした。

「何やってるんですよ」

お熊が苛立《いらだ》って、戸口で下駄を鳴らしている。

「いま、あけてやる」

源九郎が腰高障子をあけた。

「旦那、何、やってたんです」

お熊がふくれっ面《つら》をして訊《き》いた。手に、握りめしと切ったたくあんを載せた丼を手にしている。どうやら、源九郎のために持ってきてくれたらしい。

「な、なに、ちょうど傘張りの仕事でもしようかと思ってな。座敷を片付けていたところなのだ」

源九郎は適当にごまかした。

「朝めしは、まだなんでしょう」

「いや、ちょうどよかった。今朝は炊かなかったんだ」

源九郎は思わず唾を飲み込んだ。面倒なので、うまそうな握りめしである。

「旦那、昨夜《ゆうべ》、飲み過ぎたんじゃァないんですか」

お熊が上目遣いに源九郎を見た。

「ま、飲み過ぎたというほどではないがな」

そう言って、源九郎はお熊から丼を受け取ると、上がり框《がまち》に腰を下ろした。茶を淹《い》れるのも、面倒なのでそのままかぶりついた。

お熊は戸口に立ったまま、何か言いたそうな顔をして源九郎の顔をながめている。

「わしに、何か用か」

源九郎が訊いた。

「旦那、頼みがあって来たんだよ」

そう言って、お熊が源九郎の脇に腰を下ろした。

「何だ」

どうやら、握りめしは頼みごとのためらしい。

「おとせさんとこの仙吉、旦那も知ってるだろう」

「知ってるが」

昨夜も、顔を合わせていた。

「あれじゃァ、おとせさんがかわいそうだよ。旦那も知ってるでしょうが、おとせさん苦労してさ、女の身でもっこ担ぎまでして、あの子を育てたんだよ。それを、あの子はまったく分かってないんだから。昨夜も、おとせさんが苦労して稼いだ金をひっつかんで、遊びに出かけちまったんだよ」

お熊の顔が悲憤でゆがんだ。熊のような顔が、べそをかいた大狸のような顔になっている。

源九郎も、おとせが苦労して仙吉を育てたことは長屋の噂で知っていた。商家の女中に出たり、近所のそば屋で小女のようなことをしたり、仕事のないときは男たちに混じって普請場でもっこ担ぎまでして、女手ひとつで仙吉を育ててきたようだ。

「仙吉も、根は悪い子じゃァないんだよ。仲間が悪いんだ」

お熊が米屋の磯六《いそろく》と八百屋の茂助《しげすけ》の名を上げ、あいつらに気触《かぶ》れてるんだよ、といまいましそうに言い添えた。

源九郎は磯六と茂助のことも知っていた。ふたりとも竪川沿いにある小店の倅で、いずれも十五、六の若者だった。ちかごろ同じような年齢の若者たちと伊達者を気取り、派手な柄の着物に赤や黒の人目を引く帯をしめて、盛り場を闊歩《かっぽ》していた。

仙吉はなかでも茂助と仲がよいらしく、源九郎は何度かふたりが一緒に歩いているのを目にしたことがあった。

おそらく昨夜も、仙吉はそうした仲間と遊ぶために出かけて行ったのだろう。

「それで、わしに何を頼みたいのだ」

源九郎は握りめしを手にしたまま訊いた。まさか、お熊がおとせと仙吉の話をするために来たわけではないだろう。

「仙吉に、意見してもらいたいんだよ」

お熊によると、亭主の助造に頼んで意見してもらったが、仙吉は聞く耳を持たなかったという。

「わしが意見しても、同じことだぞ」

源九郎は仙吉と特別な関係があるわけではなかった。腹を割って話したこともなければ、いっしょに何かやったこともない。仙吉が源九郎の意見を聞くとは思えなかった。

「そんなことないよ。旦那の意見なら聞くよ。おとせさんのためにも、一肌脱いでおくれよ」

お熊が懇願するような口調で言った。

「ま、聞かぬとは思うが、機会があったら話してみよう」

そう言って、源九郎は手にした握りめしを頬張った。握りめしをもらった手前、無下に断れなかったのである。

四

曇天だった。六ッ半（午前七時）ごろだというのに座敷は、夕暮れ時のように薄暗かった。

源九郎は昨夜の残りのめしを茶漬けにして食った後、久し振りで傘張りの仕事でもしようと思い、片襷《かただすき》をかけ、土間の隅に置いてある傘骨を座敷に運んだ。米櫃《こめびつ》もからだったし、ふところも寂しかった。すこしでも、銭を稼がないと、めしを食うこともできないのだ。

さて、傘張りを始めようかと思って座敷に胡座《あぐら》をかいたとき、戸口で下駄の音がした。聞き覚えのある音である。菅井紋太夫《すがいもんだゆう》が来たらしい。

菅井は五十過ぎの牢人で、長屋の独り暮らしだった。両国広小路で居合抜きを観せて銭をもらう大道芸で、口を糊していた。源九郎と同じはぐれ者である。ただ、居合の腕は本物で、田宮流《たみやりゅう》居合の達人だった。

「華町、いるか」

菅井は声をかけると、勝手に腰高障子をあけてなかへ入ってきた。

「おっ、仕事か」

菅井が驚いたような顔をして土間につっ立った。小脇に将棋盤をかかえている。菅井は無類の将棋好きだった。何か理由をつけては、居合抜きの見世物に行かず、将棋を指しに源九郎の部屋へやってくるのだ。

「わしだって、仕事をやるさ。それに、めし櫃もからだからな。悪いが、将棋の相手はできんぞ」

源九郎は素っ気なく言った。

「何を言っておる。雨の日は将棋と決まっているのだ。それに、米ならおれのところにある。買ったばかりだ」

そう言って、菅井は勝手に上がり込んだ。

「おい、今日は雨ではないぞ、広小路に行けば、おまえも仕事になるだろう」

菅井は、雨の日は決まって源九郎の家へ顔を出した。居合抜きの見世物は大道でやるので、雨の日は仕事にならないのだ。

「なに、今日は雨だ。すぐに降ってくる」

菅井は、さァ、やるぞ、と言って、勝手に駒を並べ始めた。

「一局だけだぞ」

仕方なく、源九郎は将棋盤の前に腰を下ろした。こうなると、菅井は梃子《てこ》でも動かない。

小半刻（三十分）ほどして、源九郎が角筋をふさぐために歩をつくと、すぐに菅井は、

「いい読みだろう」

と言って、角を動かし飛車取りと出た。

子供騙《だま》しの手だった。飛車を動かして歩をとれば、王手になるのだ。

「いい読みだと言ったのは、外のことだ」

菅井が将棋盤を睨《にら》みながら言った。

「外だと」

源九郎は戸口の方へ視線をむけた。

「雨だよ。降ってきたろう」

「なるほど」

庇《ひさし》から落ちる雨垂れの音がした。菅井の読みどおり、雨が降ってきたようだ。

その雨音のなかに、傘を打つ雨音と足音が聞こえた。また、だれか来るようである。

足音は、源九郎の家の前でとまった。

「華町さま、おられますか」

女のような物言いだが、年配の男の声だった。長屋の者ではない。町人だが、商家の旦那か番頭のような感じがした。

「入ってくれ」

源九郎は将棋盤から離れて座りなおした。菅井は将棋盤の前に座ったままうらめしそうな顔をして、戸口に目をむけている。

腰高障子があいて、小柄な五十がらみの男が腰をかがめて入ってきた。面長で、目の細い男である。黒羽織に細縞の小袖姿だった。どこかで見た男である。

「土田屋《つちだや》の番頭で、清蔵《せいぞう》ともうします」

清蔵は愛想笑いを浮かべながら言った。

「土田屋さんというと、材木問屋ですかな」

源九郎は土田屋のことを知っていた。深川佐賀町の大川端に、土田屋という材木問屋の大店《おおだな》があった。半年ほど前、源九郎と菅井は土田屋に頼まれて、因縁をつけてきた無頼牢人を追い返したことがあったのだ。そのおり、清蔵の顔を目にしたのだろう。

「はい、おりいって、華町さまにお頼みしたいことがございまして」

清蔵は、土間に立ったまま揉《も》み手をしながら言った。

「頼みとは」

源九郎が訊いた。

「半年ほど前、華町さまにお助けいただいたことがありますが、また、似たような揉め事に巻き込まれましたもので」

清蔵が、声をひそめて言った。

源九郎や菅井たちは、頼まれて用心棒まがいのことをすることがあった。富商に依頼されて強請《ゆす》りにきた無頼牢人を追い返したり、勾引《かどわか》された御家人の娘を助け出したりして礼金や始末料をもらっていたのだ。そうしたこともあって、源九郎たちのことをはぐれ長屋の用心棒などと呼ぶ者もいた。

「うむ」

状況が分からないことには、返答のしようもない。それに、番頭が依頼にくるというのも腑に落ちなかった。半年ほど前は、土田屋の主人の久左衛門《きゅうざえもん》から直接依頼されたのである。

「くわしい事情は、あるじから申し上げることになっております。どうでございましょう。明後日、華町さまと菅井さまのおふたりで、堀川町の河島屋《かわしまや》へおこしいただけませんでしょうか」

どうやら、清蔵は久左衛門の使いで来たらしい。

「河島屋というと船宿ですか」

堀川町は佐賀町の隣町である。その堀川町の油堀《あぶらぼり》と呼ばれる掘割沿いに河島屋というちいさな船宿があった。

「そうです」

「うかがうのは、かまいませんが」

源九郎は語尾を濁した。

河島屋というのが腑に落ちなかったのだ。河島屋は隣町で土田屋からは近いことは分かったが、深川でも名の知れた大店である土田屋の主人が宴席をもつような店ではなかった。それに、わざわざ河島屋で会わなくとも、土田屋に源九郎たちを呼べばいいのである。

「実は、あるじが華町さまたちとお会いしたことは、内密にしたいもので……。てまえを、使いに寄越したのもそのためでございます」

清蔵が、声をひそめて言った。

久左衛門には、源九郎たちと会ったことを秘匿《ひとく》しておきたい事情があるようである。

「どうする、菅井」

源九郎は、菅井の方へ顔をむけた。源九郎の一存では、承諾できなかった。

「おれは、かまわん」

菅井は将棋盤に目を落としたまま言った。まだ、勝負が気になっているらしい。

「では、明後日、うかがおう」

源九郎が言うと、清蔵はほっとしたような顔をし、暮れ六ツ（午後六時）ごろ、河島屋でお待ちしております、と言い残して、戸口から出ていった。

清蔵の姿が、戸口から消えるとすぐに、

「華町、将棋のつづきだ」

と、菅井が声を上げた。

五

源九郎と菅井が河島屋の暖簾《のれん》をくぐると、女将らしい年増がふたりを二階の座敷に案内してくれた。河島屋は小体な店で、客を入れるのは二階の二間だけだった。一階は帳場と板場、それに奥が河島屋の家族の居間と寝間になっているらしかった。

二階の座敷で、久左衛門と清蔵が待っていた。

「華町さま、菅井さま、お久し振りでございます」

久左衛門が、笑みを浮かべて言った。

五十がらみ、痩身《そうしん》で背が高く、すこし猫背だった。妙に首が長く、とがった喉仏がしゃべる度に上下している。

清蔵は久左衛門の脇に殊勝な顔をして端座していた。

「息災そうではないか」

源九郎は用意してあった座布団に腰を下ろした。まだ、料理の膳は並んでいなかった。おそらく、源九郎たちが姿を見せてから運ぶ手筈になっているのだろう。

思ったとおり、源九郎たちが腰を落ち着けると、女将と女中が酒肴《しゅこう》の膳を運んできた。

そして、四人の膝先に膳が並べられると、

「まずは、喉をお湿しくださいまし」

そう言って、久左衛門が銚子を取った。

四人でいっとき酌み交わしてから、

「華町さまと菅井さまに、お願いがございましてね」

久左衛門が声をあらためて切り出した。

「また、徒《いたずら》牢人が、何か言いがかりでもつけてきましたかな」

半年前の件はこうである。

瀬川《せがわ》と栗塚《くりづか》と名乗るふたりの食いつめ牢人が、土田屋の材木が倒れてきて子供が怪我をしたので薬代を出せ、と言って店に乗り込んできたのだ。

久左衛門は、子供が怪我をした話は、瀬川たちが金を強請ろうとして捏造《ねつぞう》したのだろうと思ったが、薬代は二両だというので、談判するのも面倒だったので、金を渡した。ところが、五日ほどして、ふたたび瀬川たちがあらわれ、まだ、治らないからと言って、今度は四両要求してきたのだ。

……これは、容易に手は切れぬ。

と、久左衛門は察知したが、先に相手の言い分を飲んで二両渡したこともあり、町方にも話しづらかったので、源九郎のところへ頼みにきたのである。

源九郎と菅井は、瀬川たちと会い、二度と土田屋へ姿を見せないよう約束させた。当初、瀬川たちは、源九郎たちを年寄りのみすぼらしい牢人と見て小馬鹿にしていたが、源九郎と菅井の剣の冴えを目の当たりにすると顔色を変え、二度と土田屋の暖簾はくぐらぬことを約束した。そして、それっきり姿を見せなくなったのだ。

「それが、牢人ではなく若い衆なのです」

久左衛門が眉宇《びう》を寄せて言った。

「若い衆とは」

源九郎が聞き返した。

「ちかごろ、盛り場で目にするようになった伊達気取りの若い連中ですよ」

久左衛門の顔に嫌悪の表情が浮いた。

「どういうことかな」

「それが、瀬川たちと同じ言い分なのです」

久左衛門によると、土田屋で保管している材木が倒れ、仲間が怪我をしたので、薬代を寄越せと言って、いずれも十五、六歳と思われる派手な衣装の若者が三人乗り込んできたという。

「そのときは、言いがかりをつけて、金を脅し取る気のようだと思いましてね、てまえどもの店に落ち度があるなら、お上に訴えればいい、と言って取り合わなかったのです。ところが、三日ほどして、今度は五人で来ましてね。積んであった材木を倒したり、川に流したり、乱暴のし放題なのです。……そして、帰りがけに、三日後に来るから十両用意しておけと言うのです」

「それでどうした」

「三日後に、五人で来ました。やむなく、これで手を引くならと約束させて、十両渡したのです」

ところが、それでもすまなかった。三日後にふたたび三人の若者が店にあらわれ、今度は別の者が大怪我をしたと言い出し、三十両要求したという。

「あくどいな」

源九郎は、悪質な強請りだと思った。しかも、大勢で土田屋のような財力のある大店を狙ったのだ。おそらく、瀬川たちの手口をどこかで耳にして真似をしたのだろうが、遊び半分で小遣いをせびるような連中ではないようだ。

「ほかにも気になることがございましてね」

久左衛門は顔をしかめて言った。

「気になるとは」

「実は、このような強請りは、うちの店だけではないらしいんです」

久左衛門によると、黒江町にある料理茶屋の老舗《しにせ》、松崎屋《まつざきや》でも、伊達気取りの若者に料理に髪の毛が入っていたと因縁をつけられ、同じように金を要求されたという。

松崎屋では、土地の親分である岡っ引きの徳造《とくぞう》に金を渡して、若い者たちとの談判に当たってもらったという。

「ところが、徳造親分が姿を消してしまったのです」

久左衛門が急に声を落とした。

「どういうことだ」

「わ、分かりませんが、若い衆に殺されたのかも……」

久左衛門が震えを帯びた声で言った。顔が、いくぶん蒼ざめている。

「うむ」

殺されたとなると、伊達者などと言ってられない悪党連中である。やくざ者や徒牢人より質《たち》が悪い。

「しかも、松崎屋には、他人を巻き込んだと言って百両もの大金を要求してきたそうなんです。……実は、うちに来た連中のひとりが、よそ者につまらぬことをしゃべると、徳造と同じ目に遭うぞ、と脅したのです。それで、怖くなって、おふたりにここに来てもらった次第でして」

久左衛門が源九郎と菅井に目をやりながら言った。どうやら、源九郎と菅井をこの店にひそかに呼んだのは、その連中に知られたくないためらしい。

「厄介《やっかい》な相手だな」

今度の相手は、瀬川や栗塚を追い返したようにはいかないようだ。

「華町さま、菅井さま、何とかしていただけませんでしょうか」

久左衛門がそう言うと、脇に座していた清蔵が、お願いします、と哀願するような口調で言い添えた。

「困ったな」

いままで、源九郎たちが相手にしてきたならず者や無頼牢人でもないし、旗本や御家人の揉め事でもない。伊達気取りの悪ぶっている町人の子弟で、しかも大勢なのだ。剣を遣って、追い返すのもむずかしいだろう。

ただ、源九郎は久左衛門の依頼を断りたくなかった。理由は礼金である。いま、源九郎はふところがさびしかった。明日食う米すらないのである。依頼を承知すれば、すくなくとも五十両ほどの礼金は出るだろう。

チラッ、と菅井の横顔を見た。何を考えているのか、菅井は仏頂面をして、ひとりで手酌で飲んでいる。

そのとき、久左衛門は源九郎が菅井に視線を投げたのを見て、

「菅井さま、お願いできないでしょうか」

と、媚《こ》びるような声で訊いた。

「土田屋さん、おれたちが手を出してもいいのか。若い連中は、よそ者に話せば、徳造の二の舞いにすると言っているではないか」

菅井が虚空を睨むように見すえて言った。

菅井の細い目が燭台の灯を映して赤くひかっている。肩まで垂れた総髪がえぐり取ったようにこけた頬に垂れ、あごのしゃくれた顔が般若《はんにゃ》のように不気味だった。

「そ、そうなのです。ですから、てまえどもから話があったことは内緒にしてもらいたいのです」

久左衛門が苦渋に顔をしかめた。

「内緒にはするが、店に来た連中をどうやって追い返せばいいのだ。餓鬼《がき》とはいえ、何をするか分からん連中のようだ」

菅井が低い声で言った。

「どうしてよいか、てまえたちも分からないのです。何かいい手があれば、と思っているのですが……」

そう言って、久左衛門が肩を落とした。

次に口をひらく者はなく、座は重苦しい沈黙につつまれていた。菅井が渋い顔をして、ひとりで飲んでいる。

「土田屋さん、どうだ、金を取りにきたやつらをこの店に呼び出せないか」

源九郎が何か思いついたように声を大きくして言った。

「どういうことです」

「なに、偶然、わしと菅井が隣の座敷で飲んでいてな。隣の座敷のやり取りが耳に入ったことにして踏み込み、そいつらをわしらが追い返すのだ。それなら、土田屋さんがわしらを頼んだとは思うまい」

源九郎がそう言うと、

「いい策だ」

菅井が大きくうなずいた。どうやら、菅井の肚《はら》もこの依頼を引き受けたいようだ。

「で、ですが、そのときは、それですみましょうが、その後、連中は店に来て、同じように金を出せと脅すのではないでしょうか」

久左衛門が心配そうな顔で言った。

「なに、わしらが踏み込んだときにな。そいつらを脅しつけて、今後このようなことがあれば、わしらが談判にあたると念を押しておくのだ。そうすれば、土田屋さんには、手を出さなくなるだろう。……それでも来たら、わしらにすぐに知らせてくれ。さらに、何か手を打とう」

「それなら、安心でございます」

やっと、久左衛門が愁眉《しゅうび》をひらいた。

六

本所松坂町に亀楽《きらく》という縄暖簾を出した飲み屋がある。回向院のそばで、はぐれ長屋からは近かった。

源九郎たちはぐれ長屋の男連中は、亀楽を馴染《なじ》みにしていた。元造《もとぞう》というあるじとお峰《みね》という通いの婆さんだけでやっている小体な店で、色気も愛想もないし、たいした肴《さかな》もない。ただ、酒が安価で、長時間居座っても文句をいわず好きなだけ飲ませてくれる。それに、頼めば、店を貸し切りにもしてくれるのだ。

その亀楽に五人の男が集まっていた。源九郎、菅井、孫六《まごろく》、茂次《しげじ》、三太郎《さんたろう》である。孫六、茂次、三太郎の三人も、これまで源九郎たちといっしょにいろんな事件にかかわってきた男たちである。

源九郎と菅井は、河島屋で久左衛門から強請り相手との談判を頼まれた後、礼金として五十両手にしていた。

源九郎と菅井はこれまでどおり孫六たちにも事情を話し、承知すれば五十両を平等に分けようと思ったのである。

飯台のまわりの空樽に腰を下ろした孫六たち三人は、めずらしく酒も猪口《ちょく》で一杯飲んだだけで、源九郎に視線を集めていた。源九郎が何を話すのか、気になってしかたがなかったのだ。

「おりいって、話がある」

源九郎がおもむろに切り出した。

「なんです」

孫六が目を剝《む》いて源九郎を見た。

孫六は還暦を過ぎた年寄りで背がまがり、中風を患ったせいで左足をすこし引きずるようにして歩く。酒好きの老いぼれで、おみよという娘夫婦の世話になり長屋で隠居暮らしをしているが、元は番場町《ばんばちょう》の親分と呼ばれていた腕利きの岡っ引きである。

「ここに、五十両ある」

源九郎がふところから袱紗《ふくさ》包みを取り出し、飯台の上に置いた。久左衛門から手渡された金をそのまま持ってきたのだ。

「ご、五十両！」

孫六が、ゴクリと唾を飲み込んだ。

茂次と三太郎も、驚いたような顔をして袱紗包みを見つめている。これまでも、金ずくで用心棒まがいのことをして礼金や始末料を手にしてきた男たちだが、五十両もの大金は滅多におめにかかれない。

「深川の土田屋を知ってるな。材木問屋だ」

そう前置きし、これまでの経緯をかいつまんで話した。

「だ、旦那、その若い連中を追い返せばいいんですかい」

孫六が声をつまらせて訊いた。

「若造たちだが、容易な相手ではないぞ」

菅井が低い声で言った。

「黒江町の徳造という親分が、そいつらにかかわっていなくなったらしいのだ。殺《や》られたとみていいな」

「徳造なら知ってやすぜ」

孫六によると、徳造は四十がらみ、深川の八幡宮界隈を縄張りにしている岡っ引きで、深川ではかなり名の知れた親分だという。

「餓鬼だと思ってなめてかかると、徳造の二の舞いだな」

菅井がそう言って、ゆっくりと猪口をかたむけた。

「そういうことだ。で、どうする。無理にとは言わんぞ」

源九郎が言い添えた。

「ですが、そうやって五十両の金を手にして帰《けえ》ってきたところを見ると、旦那方ふたりは、土田屋の依頼を受けてきたんじゃァねえんですかい」

黙って聞いていた茂次が、口をはさんだ。

茂次もはぐれ者だった。若いころ、刀槍を研《と》ぐ名のある研屋に弟子入りしたのだが、師匠と喧嘩して飛び出し、いまは路地や長屋をまわって包丁、鋏《はさみ》、剃刀などを研いだり、鋸《のこぎり》の目立てなどをして暮らしている。

「まァ、そうだ」

「それじゃァ、やるもやらねえもねえ。あっしら五人は、一蓮托生《いちれんたくしょう》ですぜ」

茂次がそう言うと、孫六が、

「そうだ、一蓮托生だ」

と、声を上げた。

すると、青瓢簞《あおびようたん》のような顔をした三太郎が、いっしょにやりましょう、と身を乗り出すようにして言った。

三太郎は砂絵描きだった。砂絵描きは染粉で染めた砂を色別の袋に入れて持ち歩き、寺社の門前や広小路などの人出の多いところで地面に色砂を使って絵を描き、銭をもらう大道芸である。

「よし、では、この金を五人で分けよう」

源九郎は、袱紗包みのなかから切り餅をふたつ取り出した。切り餅は一分銀を百枚、二十五両を方形に紙につつんだ物である。切り餅ひとつ二十五両、ふたつで五十両である。

源九郎は切り餅の紙を破り、一分銀を五人に十両ずつ分けた。

「キッヒヒヒ……。これで、富《とみ》に肌着を買ってやれるぜ」

孫六が嬉しそうな笑い声を上げ、一分銀を巾着《きんちやく》にしまった。

富というのは、富助《とみすけ》という孫六の初孫である。孫六は富助を目のなかに入れても痛くないほどかわいがっているのだ。

「茂次と三太郎も、若え女房に着物のひとつも買ってやれよ。そうでねえと、逃げられちまうぜ」

孫六は銚子を取ると、茂次と三太郎についでやりながら冷やかした。

「そんなことをすりゃァ、つけ上がらァ」

茂次が声を上げると、脇で三太郎が、

「おれ、おせつに買ってやろう」

と、照れたような声で言った。気のいい三太郎は、女房の尻に敷かれているようである。

茂次と三太郎は、まだ女房をもらって間もなかったのだ。なお、茂次の女房の名はお梅《うめ》である。

場が急に賑やかになり、酒がすすみだした。それぞれ大金を手にし、気が大きくなったようである。

七

「あそこだ、明りが見えるだろう」

米屋の磯六が、指差した。

見ると、大川端の通りに掛け行灯の淡い灯が落ちている。

「磯六、おれ、銭をもってねえぞ」

仙吉が不安そうな顔をして言った。

「でえじょうぶだよ。おれだって三人で飲むほどの銭はもってねえ。辰造《たつぞう》の兄イは気前がよくてな、ただで飲ませてくれるのよ」

磯六が得意そうな顔で言うと、脇にいた八百屋の茂助が、

「仙吉、辰造兄イのこと知ってるか」

と、仙吉の耳元でささやいた。

「何のことだい」

「辰造兄イは、ひょっとこの辰と呼ばれているのさ」

茂助がにやにやしながら言った。

「ひょっとこの辰かい」

仙吉が目を剝いて訊いた。

「そうさ。背中にでけえ、ひょっとこの入墨があるんだ。それで、そう呼ばれてるらしいが、辰造兄イは、いつもひょっとこみてえな顔をしてるんだぜ」

「そいつはいい」

陽気で明るい男らしいと思うと、仙吉の胸にあった一抹《いちまつ》の不安は拭い取ったよ

うに消え、妙に浮き浮きした気分になった。

仙吉たち三人は大川端を川下にむかって歩いていた。

六ツ半（午後七時）ごろで、川沿いの道は淡い夜陰につつまれている。通り沿いの表店は大戸をしめ、ひっそりとしていた。人影もまばらである。汀に寄せる川波の音が、足元で騒ぎたてるように聞こえてきた。

仙吉たちは、弁慶格子や棒縞などの派手な模様の単衣を裾高に尻っ端折りし、赤や黒の帯をしめて、肩を揺すりながら歩いていた。どこから見ても、伊達者気取りの若い衆である。

仙吉は磯六と茂助に酒を誘われたのだ。行き先は、深川相川町《あいかわちょう》にある千鳥屋《ちどりや》という小料理屋だという。その店は、磯六や茂助の兄貴分の辰造という男が女房とふたりで、ひらいている店だそうだ。

仙吉は、これまで小料理屋などで酒を飲んだことはなかった。磯六や茂助と親の目を盗んで、貧乏徳利の酒を湯飲み茶碗で口にしたことがあるだけである。

仙吉は小料理屋へ行くと聞いて不安になったが、磯六や茂助と話をしているうちに、不安は消えたのである。

「ここだ」

格子戸から灯が洩れていた。客がいるらしく、なかから男の濁声《だみごえ》や女の甲高い笑い声などが聞こえてきた。

磯六が格子戸をあけ、三人はなかへ入った。土間の先が追い込みの座敷になっていた。そこで、男がふたり酒を飲んでいた。ふたりとも二十歳前後と思われる剽悍《ひょうかん》そうな顔付きをした男である。

その座敷の奥にも座敷があって、何人か飲んでいるらしくぼそぼそと男の声が聞こえてきた。

「おお、磯と茂か。後ろのやつは、新顔かい」

色の浅黒い、頤《おとがい》の張った男が訊いた。目のするどい男である。

「宗次郎《そうじろう》の兄イ、こいつは仙吉といいやす」

磯六がそう言って、仙吉の肩をたたいた。

「せ、仙吉といいやす。い、以後、おみしりおきを」

仙吉は慌てて声がつまった。顔がこわばっている。

「そう硬くなるな。じきに慣れらァ」

宗次郎と呼ばれた男はそれだけ言うと、銚子を取って向かいに座っていた大柄な男の猪口に酒をついでやった。男の二の腕から入墨が覗いている。眉《まゆ》の濃い、いかつい顔をした男である。

「玄助《げんすけ》の兄イだよ」

磯六が仙吉の耳元でささやいた。いかつい顔の男が玄助という名らしい。

そのとき、下駄の音がし、土間の奥から三十がらみと思われる男が姿を見せた。妙に平たい感じのする顔だった。小鼻が張り、丸い目をしていた。

……この男がひょっとこの辰だ。

と、仙吉は直感した。ひょっとこを思わせるような顔をしていたのだ。

「辰造兄イ、前に話していた仙吉を連れてきやした」

磯六が首をすくめながら言った。声に媚びるようなひびきがある。

茂助が二度、三度と首を下げているのを見て、仙吉も慌てて頭を下げた。

「おめえが、仙吉かい」

辰造が訊いた。目を細め、口元に笑みを浮かべていた。いかにも、人のよさそうな顔だが、低いどすの利いた声をしていた。それに、仙吉を見つめた細い目には、蛇を思わせるような酷薄そうなひかりがあった。

「へ、へい」

思わず、仙吉は身を硬くして、腰をまげた。

「よく来たな。若い連中が奥に来てる。いっしょに遊んでいくといいぜ」

辰造は穏やかな声で言うと、磯六と茂助に、おめえたちも遊んでいきな、と言い置いて、土間の奥へひっ込んだ。

「仙吉、奥へ行こうぜ」

磯六が仙吉の袖を引っ張り、追い込みの座敷の次の間に連れて行った。そこは、薄暗い四畳半の狭い座敷だった。

四人の男がいた。いずれも、十五、六歳と思われる若い衆で、胡座をかいて車座になっていた。四人とも派手な柄の小袖で、赤や黒の帯をしめていた。腕捲りしたり、片肌脱ぎで肌をあらわにしている男もいる。

「おい、磯、そいつは？」

四人のなかでは年嵩《としかさ》らしい赤ら顔の大柄な男が、仙吉に目をむけて訊いた。どうやら、磯六の遊び仲間らしい。

「おれの弟分の仙吉よ」

磯六が言った。

磯六は仙吉を弟分として紹介した。仙吉はそれほど悪い気はしなかった。磯六の方が歳もひとつ上だし、遊びの経験も豊富だった。

「仙吉といいやす。よろしくお願《ねげ》えしやす」

仙吉は殊勝な顔をして頭を下げた。

「おめえたちもやるかい」

片肌脱ぎの男が、手にした湯飲みを差し出して訊いた。

すると、磯六が仙吉の耳元で、博奕《ばくち》だよ、と小声で言った。

……博奕！

仙吉は、身を硬くしてその場につっ立った。まさか、こんなところで博奕を打っているとは思ってもみなかったのだ。

言われてみれば、四人の男は盆茣蓙《ぼんござ》代わりの座布団を真ん中にして取りかこむように座り、片肌脱ぎの男が壺の代わりに湯飲みを手にしていた。

酒を飲みながらの博奕らしく、男たちのまわりには銚子や猪口が置いてあった。

「おい、驚くこたァねえぜ。遊びだよ、遊び。張ってるのは、十文、二十文のはした金よ」

そう言って、赤ら顔の男が白い歯を見せて笑った。

「ちょいと、見させていただきやす」

そう言って、仙吉は座敷の隅の方へ座った。博奕などやるのは初めてだったが、それより仙吉は銭を持っていなかったのである。

「それじゃァ、見てな」

磯六は仙吉にそう言い、男たちの間に腰を下ろした。すると、茂助も磯六の脇へ膝を折った。どうやら、茂助も、ここで博奕を打ったことがあるようだ。

それから小半刻（三十分）ほどしたとき、磯六が銭をつかんで仙吉のそばに来て、

「仙吉、おめえもやってみな。これを使っていいぜ」

そう言って、銭を仙吉に手渡した。

波銭や鐚銭《びたせん》などで、二百文ちかくあった。

「いいのかい」

仙吉も、後ろから見ていてやってみたくなったのだ。

「いいさ、儲かった分だ」

「ありがてえ」

仙吉は銭をつかんで、茂助の脇へ座った。

胴元も壺振りも決まっていない仲間うちの博奕らしかった。しかも、酒を飲み

ながら遊び半分にやっている。

やり方は簡単だった。壺の代わりに湯飲みを使って振ったさいころの目を予想し、丁か半かに張ればいいのだ。ふたつのさいころの目の合計が奇数ならば半、偶数ならば丁である。半も丁も、出る確率は半分。いかさまさえしなければ、初めての者でも運次第で勝つことができる。

どういうわけか、仙吉はついていた。半刻（一時間）ほど経つと、仙吉の膝先に銭が集まり、うずたかくなった。五、六百文はありそうだ。

「かなわねえなァ。初顔のくせに、ひとり勝ちだぜ」

赤ら顔の男が、あきれたような顔をして声を上げた。その場にいた他の三人も、驚いたような顔をしている。

博奕をやりながら、四人の名が知れた。

赤ら顔の男が、その場の兄貴分で利根助《とねすけ》。

片肌脱ぎの男が嘉次《よしじ》。

ほかのふたりが、弥助《やすけ》と三五郎《さんごろう》だった。

四ッ（午後十時）ちかくなって、辰造が仙吉たちのいる座敷に顔を出した。

「そろそろ帰《けえ》んな」

辰造は、いま、茶漬けを作ってやるから、食っていけ、と言い添えた。

言われたとおり、七人は茶漬けを食い、辰造と店の女将のお政《まさ》に挨拶をして店を出た。

磯六が言ったとおり、辰造は、銭はそのうちまとめてもらうぜ、と言って、仙吉たちが飲み食いをした金を取らなかった。

店の外へ出たところで、仙吉たちは利根助たちと分かれた。

「また、やろうぜ」

そう言い残し、利根助たちは大川端を川下の方へ歩きだした。

仙吉たちは、川上の方へむかって歩いていく。頭上は満天の星空だった。大川を渡ってきた川風には涼気があり、仙吉の火照った肌を心地好く撫でていく。

仙吉はひどく気が昂《たかぶ》っていた。酒の酔いと博奕の興奮にくわえ、仙吉の胸には、大人の世界に踏み込んだような高揚感と満足感があった。しかも、ふところの巾着はずっしりと重かった。これまで自由に使ったことのない五百文ちかくの銭が入っている。

……見ろ、おっかァ、汗水垂らしてもっこ担ぎなんぞすることたァねえんだ。こうやって、遊びながら大金が手に入るじゃァねえか。

仙吉は肩を振って歩きながら、胸に浮かんだ母親の陽に灼《や》けた顔に、得意になってしゃべっていた。

第二章　強請《ゆす》り

一

「そろそろだな」

菅井が猪口《ちょく》を口元にとめたまま低い声で言った。

「菅井、斬るなよ。相手は、若い連中だ」

源九郎は、脅すだけでいいと思った。相手は十五、六歳の若者である。大勢で気が大きくなっているだけのことで、根はそれほどの悪党ではないだろう。改心すれば、いくらでもやり直せるはずだ。

源九郎と菅井は、堀川町の船宿、河島屋の二階の座敷にいた。昨日、土田屋の番頭の清蔵がはぐれ長屋へ来て、

「若《わか》い衆《し》が、金を取りに来ました」

と、顔をこわばらせて源九郎に言った。

「それでどうした」

「は、はい……。あるじが、いま手元にないし、奉公人の手前もあるので、明日、店仕舞いしてから、河島屋で渡すと返事しました」

「分かった。明日、暮れ六ツ（午後六時）までには、河島屋へ行っていよう」

源九郎が答えた。

そうしたやり取りがあって、源九郎と菅井が河島屋の二階に来ていたのである。

「華町、相手は餓鬼《がき》だが、口で言って分かるような連中ではないぞ」

菅井が渋い顔をして言った。

「そうだな」

若いだけに、源九郎や菅井の話など聞く耳をもたないだろう。

「峰打ちにするか」

菅井も斬る気はないようである。

「まァ、多少痛い目に遭《あ》わないと、その気にはならんだろう」

源九郎も相手が向かってくれば、峰打ちにするつもりでいた。

ふたりで、そんな話をしていると、階下で若い男たちらしい話し声がし、つづいて階段を上がってくる複数の足音が聞こえた。

「来たようだな」

菅井が声をひそめて言った。

階段を上がってきた連中は隣の部屋へ入ったらしく、障子をあける音につづいて畳を踏む音がした。そして、すぐに隣の部屋から女将《おかみ》の声にまじって、何人かの若い男の声が聞こえてきた。聞き覚えのある久左衛門と清蔵の声もする。

源九郎と菅井は酒肴《しゅこう》の膳の前から離れ、隣部屋との境目になっている襖《ふすま》に身を寄せた。

「五、六人、いるようだな」

菅井が声をひそめて言った。

「若いやつらだな」

やくざ者らしい物言いをしていたが、子供を思わせるような高いひびきのある声や声変わりしたばかりらしいかすれ声などが混じっていた。

いっときすると、女将と女中が酒肴の膳を運んできたらしい声と物音がした。

その女将と女中が座敷から去ると、

……久左衛門、出す物を先に出せ。

と、低い男の声が聞こえた。恫喝《どうかつ》するようなひびきがある。

……三十両で、ございますか。

久左衛門の声がした。

……昨日、言ったろう！

急に、男が怒鳴り声を上げた。

……てまえどもでも、いろいろ調べてみましたが、うちの材木が倒れて怪我をしたような事実はございませんが。

……なんだと！　いまになって、何を言い出すんだ。昨日、出すと言ったろうが。

男の声に、憤激のひびきがくわわった。

……そ、そうおっしゃられても、これは強請《ゆす》りとしか思えませんもので……。

久左衛門の声は震えていた。必死になって、隣にいる源九郎たちに強請りの事実が伝わるように話しているのだ。

……やろう！　四の五のぬかすと、これからおめえの店に押しかけて、店をぶち壊してやるが、それでもいいか。

……そ、それは、困ります。

……なら、金を出せ！

……い、いわれのないことで、金を出せと言われましても……。

久左衛門は、まだ抵抗している。胸の内で、源九郎たちに早く出て来てくれ、と叫んでいるにちがいない。

……やろう！　先に、おめえたちふたりを痛い目に遭わせてやろうか。

男が声を荒立て、立ち上がった気配がした。

そこまで、隣のやり取りに耳をかたむけていた源九郎と菅井は、顔を見合わせてうなずき合うと、勢いよく立ち上がった。

ガラリ、と菅井が襖をあけ放った。

「おまえら、何をしておる！」

いきなり、菅井が声を上げた。

座敷には、七人の男がいた。五人の若者が、久左衛門と清蔵を取りかこんでいる。いずれも、十五、六歳と思われる伊達者《だてもの》ふうの若者だった。

「なんだ、てめえは！」

赤ら顔の男が、目をつり上げて叫んだ。この男、千鳥屋で博奕《ばくち》をしていた利根助だった。他に、嘉次、弥助、三五郎、それに繁太《しげた》という痩《や》せぎすの男がいた。むろん、源九郎たちは五人の名を知らない。

「隣の客だ」

源九郎が言った。

「かかわりのねえやつは、ひっ込んでろ！」

利根助が、袖をたくし上げて言った。他の四人も、威嚇《いかく》するように源九郎と菅井を睨《にら》みつけている。

源九郎と菅井は、どこから見ても貧相な痩せ牢人である。若者たちも、その姿を見て侮ったようだ。

「かかわりはないが、聞き捨てにはできんな。隣の座敷から聞いていると、おまえたちがやっていることは強請りではないか。それも、やり方が、あくどすぎる。押し込み強盗よりひどいぞ」

「な、なんだと！」

利根助が、怒りに声を震わせた。

「若いの、こちらのふたりに詫びを入れて、二度とこのようなあくどい真似はしません、と誓え。そうすれば、ここから帰してやる」

菅井が居丈高に言った。

「な、なに！」

利根助が、憤怒に目をつり上げて叫んだ。他の四人も、興奮と怒りで顔を赭黒《あかぐろ》く染めている。

「や、殺《や》っちまえ！」

利根助が、いきなりふところから匕首《あいくち》を抜いた。脅すために、呑んできたのであろう。他の四人は、握り拳をつくって身構えた。

「おまえたち、家のなかで喧嘩をしたことがあるのか」

源九郎が訊《き》いた。

「な、なんのことだ」

「喧嘩は外でやるものだ。特に、大勢のときはな」

源九郎は、河島屋の座敷を壊したくなかったのである。

「よし、表へ出ろ！」

利根助が、怒鳴った。

二

ドドドッ、と足音をひびかせて、利根助以下五人が階段を駆け下りた。

源九郎は、座敷の隅で顔をこわばらせている久左衛門に、

「懲《こ》らしめてくる」

と言い置いて、座敷を出て行った。

店の外は淡い夜陰につつまれていたが、西の空にはかすかな残照があり、相手の動きを見ることはできそうだった。

すでに、菅井は店からすこし離れた路傍に立っていた。利根助をはじめ五人の男が菅井を取りかこんでいたが、源九郎が姿を見せると、利根助と嘉次が駆け寄ってきた。

「やい、さんぴんだからって、容赦しねえぞ。これで、土手っ腹に風穴をあけてやるからな」

利根助が匕首を構えて、近付いてきた。嘉次が拳を握りしめて、源九郎の左手にまわり込む。

「子供が、そんな物を振りまわすんじゃァない」

源九郎はゆっくりした動作で抜刀した。

「な、なに！」

利根助が、また怒りで目をつり上げた。

「かかってこい」

源九郎は刀身を峰に返した。

「殺っちまえ！」

利根助が、匕首を前に突き出すように構えて間合をつめてきた。匕首で相手とやり合ったことなどないのだろう。前に突き出した匕首が、小刻みに震え、腰が引けていた。絵に描いたようなへっぴり腰である。

二間ほどの間合になったところで、利根助の足がとまった。恐怖で顔がこわばっている。怖くて、それ以上つめてこられないらしい。

「どうした。こなければ、こちらから行くぞ」

源九郎が、摺《す》り足で前に出た。

と、利根助が、ヤアアッ！　と喉を裂くような気合を発し、飛び込みざま匕首を突き込んできた。

勢いはよかったが、腰が引けて腕だけ伸ばしたため、源九郎の手前で匕首の切っ先がそれた。そのまま立っていても、匕首は空を突いただろう。

源九郎はわずかに脇へ身を寄せて、刀身を横に払った。

ドスッ、という皮肉を打つにぶい音がし、利根助の上体が前に折れたようにかしいだ。源九郎の一撃が腹を強打したのだ。

利根助は手にした匕首を取り落とし、喉のつまったような呻《うめ》き声を上げて前に泳いだ。そして、両膝を地面に折ると、両腕で腹をおさえてうずくまった。立ち上がって、向かってくる気配もない。

「次は、おまえだ」

源九郎が、凍りついたようにつっ立っている嘉次の鼻先に切っ先をつきつけた。

「た、助けてくれ……」

嘉次は泣き声を上げ、その場にへなへなと腰を沈めて尻餅をついた。源九郎の腕の冴えを見て、歯向《う》かう気も失せてしまったようだ。いくじのない男である。

源九郎は、菅井に目をやった。

菅井も終わったようだ。ふたりがうずくまり、ひとりは地面に座り込んで、許しを請うように菅井に掌《て》を合わせている。

「どうだ、まだ、やるか」

源九郎が利根助に声をかけた。この男が五人の兄貴格だと見たのである。

「か、勘弁してくれ」

利根助が、苦痛に顔をしかめて泣き声を上げた。

「二度と土田屋に手を出さぬと誓うか」

「ち、誓う……」

「ならば、許してやろう。今度、土田屋にあらわれたら、おれたちふたりが相手になる。そのときは、峰打ちというわけにはいかんぞ」

源九郎が念を押すように言った。

「……分かった。二度と、土田屋には行かねえ」

「よし、今夜のところは、見逃してやる。さっさと帰れ」

源九郎がそう言うと、利根助は腹を押さえて立ち上がった。

そして、よろよろと掘割沿いの道を大川の方へ歩きだした。それを見た嘉次や弥助たちも、利根助の後を追ってその場から逃げだした。五人の派手な後ろ姿が、淡い夜陰のなかに消えていく。

「いくじのないやつらだな」

菅井が源九郎のそばにきた。

「あっけないほどだ」

「これで、土田屋には二度と手を出すまい」

「だといいがな」

源九郎の胸に、一抹《いちまつ》の不安があった。強請り一味は、いま逃げ去った五人だけだろうか、という思いがよぎったのである。

久左衛門の話によると、強請り一味は黒江町の松崎屋も脅した上に、依頼されて談判に来た岡っ引きの徳造を殺ったとみられ、さらに百両の大金を要求したという。

はたして、この場から逃げ去った五人の若者に、それだけのことができるだろうか……。源九郎は、いまの若者たちには無理なような気がした。

伊達者を気取る若い連中の背後に、黒幕がいるのではあるまいか、そう考えたとき、徳造とやり合ったのは、若い連中とはちがう男であろうと思えた。その男が、徳造と同じように源九郎や菅井の命を狙ってくるかもしれない。

菅井がつっ立っている源九郎に身を寄せ、

「華町、上で飲み直そう」

と、源九郎の肩をたたいて言った。

「そうだな」

源九郎は、ともかく久左衛門に外でのやり取りを話して安心させてやろうと思った。

三

「なんてえ、ざまだ！」

いきなり、辰造が平手で利根助の頬を張った。辰造の顔が豹変している。丸い目がつり上がり、細い唇が血を含んだように赤みを帯びていた。狂気を感じさせるような凄《すご》みがある。これが、辰造の本来の顔なのかもしれない。

「兄イ、勘弁してくれ！」

利根助が声を震わせて言った。張られた頬が、赤く膨れ上がっている。

その利根助の脇に、嘉次たち四人が蒼ざめた顔で座っていた。叱られた子供のように肩をすぼめて、うなだれている。

「てめえたちが好き勝手なことができるのは、だれのお蔭だと思ってやがる。それに、相手は痩せ牢人ふたりだけだそうじゃァねえか」

「そ、それが、滅法強《つえ》えんだ」

嘉次が言った。

「何てえ名だい」

辰造が五人の若い衆を睨《ね》めるように見すえて訊いた。

「名は知らねえが、ひとりは年寄りで、もうひとりは居合を遣いやした」

「居合だと。それだけじゃァ、分からねえ」

「兄イ、おれ、ふたりのこと知ってやすぜ」

繁太が口をはさんだ。

「話してみろ」

辰造が繁太に顔をむけた。

「へえ、名は知らねえが、あのふたりははぐれ長屋に住んでるはずでさァ。それに、居合のやろうは、両国広小路で居合抜きを観せてますぜ」

「はぐれ長屋だと」

「へい、相生町にありやしてね。伝兵衛店ってえ長屋だが、近所の者ははぐれ長屋と呼んでやすぜ。はぐれ者の吹き溜まりのような長屋でさァ」

繁太がしゃべり終えると、

「兄イ、伝兵衛長屋ならくわしいやつがいやすぜ」

と、嘉次が言い添えた。

「だれでえ」

「三日前の晩、この店に来た仙吉ってえやろうでさァ。あいつ、塒《ねぐら》は相生町の伝兵衛店だといってやしたぜ」

「磯六と茂助も知ってるはずだ」

つづいて、利根助が言った。

「長屋じゃァねえが、磯と茂の塒も相生町でさァ」

「そうか。明日、三人をここに連れてこい。おめえたちの邪魔をしたふたりのさんぴんの正体をつきとめてやろうじゃァねえか。次の手を打つのは、それからだ」

そう言って、辰造が赤い唇を舌先でぺろりと舐《な》めた。

六ツ（午後六時）ごろだった。仙吉たち三人が千鳥屋の暖簾《のれん》をくぐると、土間の先の追い込みの座敷の上がり框《がまち》に、辰造が腰を下ろしていた。そばに、女将のお政の姿があった。ふたりで茶を飲んでいたらしい。

「おお、よく来たな」

辰造は立ち上がって満面に笑みを浮かべた。笑顔をつくると、よけいひょっとこを思わせるような滑稽な顔になる。

辰造は脇にいたお政に、酒の用意をしてくんな、と言い置き、仙吉たち三人を奥の座敷に連れていった。利根助たちと博奕を打った部屋である。

「仙吉、おめえ、この前はたんまり儲《もう》けたんだってな。初めてにしちゃァ腕がいいって、利根助たちが驚いてたぜ」

辰造は座敷に腰を下ろすと、感心したように言った。

「ちょいと、付きがあっただけでさァ」

仙吉は照れたような顔をして言った。

辰造に褒《ほ》められて気分がよかった。それに、辰造と身近で話してみると、包容力があり頼りになる兄貴のような感じがしたのだ。

そんなやり取りをしているところへ、お政が銚子と三人分の猪口を運んできた。近くによると、甘酸っぱいような脂粉の匂いがした。

お政は色白の美人だった。大年増《おおどしま》のようだったが、子持縞《こもちじま》の着物と渋い路考茶《ろこうちゃ》の帯がよく似合っている。

そのとき、仙吉の脳裏に母親の姿がよぎった。陽に灼《や》けた赭黒い肌をし、襤褸《ぼろ》を着てもっこ担ぎをしている醜い女の姿である。その母親の姿が牛馬のように思われ、仙吉は自分がひどく惨めになった。そして、醜い母親の姿に憎悪すら覚えたのである。

「まァ、一杯、飲め」

辰造が銚子を取った。

「ごちになりやす」

磯六がそう言って猪口を取ると、仙吉と茂助も猪口を手にした。

仙吉がついでもらった酒を飲み干したとき、

「おめえたち、三人に訊きてえことがあってな」

辰造が切り出した。

「……………」

三人はかしこまって、辰造に視線を集めた。

「まず、仙吉、おめえに訊くが、塒は相生町の伝兵衛長屋だそうだな」

「へ、へい」

「はぐれ長屋と呼ばれてるそうじゃァないか」

「はぐれ者ばっかり、住んでるからでさァ」

仙吉が照れたような顔をした。

「その長屋に、剣術の強え年寄りと居合抜きがいるそうだな」

「へえ」

仙吉は、身を硬くしてうなずいた。辰造が何を訊こうとしているのか、分からなかったのである。

「なんてえ名だい」

「年寄りが華町源九郎で、居合抜きが菅井紋太夫でさァ」

仙吉は隠さなかった。辰造に訊かれたことに答えられるのが、嬉しくもあった。

「そのふたりだが、佐賀町の土田屋と何かかかわりがあるかい」

「材木問屋の土田屋ですかい」

「そうだ」

「何もねえはずですぜ。なにせ、華町の旦那は朝から傘張りをしてやすし、菅井の旦那は両国広小路で見世物をやってやすからね。材木問屋などとは、まったく縁はねえはずでさァ」

仙吉が、ふたりとも独り者の牢人だと言い添えた。

「それで、ふたりのことで、何か知ってることはあるかい」

さらに、辰造が訊いた。

「ふたりのことを、はぐれ長屋の用心棒などと呼ぶ者もいやす」

仙吉がそう答えると、脇にいた磯六が、

「おれも、聞いたことがありやす」

と、言い添えた。

「はぐれ長屋の用心棒な。……で、何で、そう呼ばれるんだ。華町は傘張りで、菅井は居合抜きの見世物をやってるんじゃァねえのかい」

辰造が首をひねりながら訊いた。

「くわしいことは知らねえが、ふたりは、ときどき大店《おおだな》や旗本などに頼まれて、金ずくで用心棒みてえなことをしてるようなんで」

仙吉が言った。

「そういうことかい」

辰造が視線を落としてつぶやくような声で言った。うつむいた顔がゆがみ、双《そう》眸《ぼう》が針先のようにひかっている。

四

……華町さま、華町さま。

戸口で、源九郎を呼ぶ声がした。男の声である。物言いからして、長屋の住人ではないらしい。

源九郎は、手にした刷毛《はけ》を膝の脇にある糊を入れた小桶にもどした。そして、立ち上がると、腰を伸ばして一息ついた。今日は朝から一刻（二時間）ほども、根をつめて傘張りをしていたのだ。

「華町さま、おられますか」

戸口の声に、困惑したようなひびきがくわわった。障子をあけていいかどうか迷っているらしい。

「あけて、入ってくれ」

源九郎が声をかけた。

すぐに、腰高障子があき、男がふたり顔をだした。ひとりは、土田屋の清蔵だった。もうひとりも商家の番頭らしき身拵《みごしら》えで、四十代半ばと思われる小柄な男だった。

「番頭さん、そちらの方は」

源九郎が清蔵に訊いた。

「米問屋、相模屋《さがみや》さんの番頭さんですよ」

清蔵がそう言うと、小柄な男が、

「番頭の粂造《くめぞう》でございます」

と言って、揉《も》み手をしながら頭を下げた。

源九郎は、土田屋と同じ佐賀町に相模屋という米問屋の大店があることを知っていた。ただ、その前を通って店舗を見たことはあるが、店内に入ったことはないし、主人の名も知らなかった。

「おふたり、お揃いで、どのようなご用件ですかな」

そう言って、源九郎は上がり框のそばに出てきて膝を折った。

清蔵と粂造も土間に立ったままでは話しづらいと思ったらしく、上がり框に腰を下ろした。

「実は、また、華町さまたちにお願いがございましてね」

清蔵が、上目遣いに源九郎を見ながら言った。

「若い連中が、また土田屋さんに何か言ってきましたかな」

源九郎の頭に浮かんだのは、そのことだった。

「いえ、それが、うちの店ではないんです」

そう言って、清蔵が脇に腰を下ろした粂造に目をやった。

「うちなんです」

粂造が顔をしかめて言った。

「相模屋さんに」

源九郎は驚いた。若い連中は性懲りもなく、土田屋につづいて相模屋にも手を出したようである。

「そうなんです。三日ほど前、派手な衣装の若い衆が五人、店に押しかけてきましてね。うちの店の米を食ったら腹が痛くなった、薬代を出せ、と因縁を付けて店に居座ったのです」

粂造によると、相模屋のあるじの幸兵衛《こうべえ》がここに来なかったのは、そのとき若い衆に、他言すれば命はないと脅されたからだという。

「それで」

源九郎は先をうながした。

「あるじが、土田屋さんから話を聞きましてね。うちでも、華町さまたちにお力添えをたまわりたいと、うかがったわけでございます」

粂造は、傘張り牢人にはもったいないような丁寧《ていねい》な物言いをした。

粂造の話では、相模屋のあるじの御内儀が久左衛門の妹で、両店は親戚として行き来しているそうである。

「そういうことですか」

源九郎は清蔵が他店の番頭を連れてきたわけが分かった。おそらく、あるじの久左衛門が指示したにちがいない。

「華町さま、どうでございましょう。お引き受けいただけませんでしょうか」

そう言って、粂造が源九郎に目をむけた。

「うむ」

源九郎は、気安く引き受けられないと思った。

相模屋を強請ろうとしている連中が、土田屋のときと同じ者たちかどうかも分からない。それに、伊達者気取りの軽薄な若い連中が、店に因縁をつけて小遣いを脅し取ろうというような簡単な事件ではないようなのだ。

「もし、お引き受けいただければ、土田屋さんと同じようにお礼を差し上げますが」

条造が声をひそめて言った。

「ですが、今度は、土田屋さんと同じ手は使えませんよ」

今度は若い連中も用心するだろう。河島屋へ若い連中を呼び出して、脅しつけるわけにはいかないはずだ。

「店にいて、話してもらえないでしょうか。若い連中は、三日後に店に乗り込んで来ますので、他の場所に連れていくわけにもいかないのです」

条造は苦渋の顔で言った。それしか、手はないと思っているようである。

「いいのか、おれたちを雇ったことが知れても」

「華町さま、どうでしょうか。うちの店が脅されている噂を耳にして、店に立ち寄ったことにしていただけないでしょうか」

「なるほど」

相模屋の依頼ではなく、源九郎たちが勝手に店に来たことにすれば、相模屋に恨みの矛先《ほこさき》が向かうことはないということらしい。

「分かった。三日後にうかがおう」

源九郎は、菅井たちも承知するだろうと思った。土田屋の依頼を承知し、相模屋を断ることはできなかった。それに、このままでは、今度の事件は終わらないような気がしたのである。

暮れ六ッ（午後六時）前、相模屋が店仕舞いを始めたとき、七人の派手な衣装の若者が、店に乗り込んできた。

店先で待っていたのは、源九郎と菅井である。

「て、てめえは！」

赤ら顔の男が、源九郎たちの姿を見て驚怖に目を剝《む》いた。

七人のなかに、利根助がいたのである。ほかに、嘉次、弥助、三五郎、繁太の姿もあった。他のふたりは、初めて見る顔だった。

「おまえたちが、この店に来ると噂を聞いてな。待っていたのだ」

源九郎が七人の前に立って言った。

「な、なに！」

「おまえたちに、言ったはずだな。今度はわしらが相手になるとな。別の店でも同じことだ」

源九郎が、表に出よう、と言い添えた。外で相手をしようと思ったのである。

「お、覚えてやがれ！」

利根助が叫ぶなり、反転して逃げ出した。歯向かう者はひとりもいなかった。利根助が逃げ出すのを見て、他の六人も慌てて店から飛び出した。

源九郎と菅井は戸口に立ったまま呆《あき》れたような顔をして、逃げていく七人の背を見送った。

「刀を抜く間もなかったな」

菅井が苦笑いを浮かべて言った。

「新顔がふたりいたようだ」

源九郎は、若い連中が増えているのが気になった。ふたりとも、似たような衣装の若者である。

浜乃屋からの帰りに出会った安田屋のお松を襲った四人組も、同じような連中だった。長屋の仙吉のこともある。他にも、同じような連中が大勢いるのではないだろうか。そう思うと、子供のような連中とはいえ、不気味な感じがした。

「いずれにしろ、相模屋には手を出すまい」

菅井が源九郎に身を寄せ、一杯飲んで帰ろう、と小声で言った。菅井は、若い連中が増えていたことなど気にもかけないようだった。

五

キャッ、という女の悲鳴が聞こえ、つづいて、何をするんだい、という女の叫び声がひびいた。さらに、男の怒鳴り声がし、何人かの女の悲鳴や喚き声が聞こえた。男の声には子供のような甲高いひびきがある。その男を相手に、北側の棟の方で女房連中が騒いでいるらしい。

源九郎は丼を手にして立ち上がった。昨夜の残りのめしを茶漬けにし、遅い朝めしを食い終えたところだった。

……だれか、来たようだな。

駆け寄ってくる下駄の音が聞こえた。慌てているらしく、地面につっかかるような下駄の音である。

ガラリ、と腰高障子があき、旦那！　という声といっしょに、お熊の巨体が戸口に飛び込んできた。

「お熊、どうした」

「だ、旦那、仙吉が！」

お熊は目を剝いて、荒い息といっしょに言葉を吐き出した。

「仙吉が、どうした」

「お、おとせさんを突き飛ばして、出て行こうとしたから……」

お熊が声をつまらせて言った。北側の棟の方で騒いでいたのは、仙吉と女房連中らしい。

「それで、どうした」

源九郎は丼を流し場の小桶のなかに入れた。洗うのは、後まわしである。

「あたしとおとら婆《ばあ》さんと、それに、おまつさんとで、引きとめようとしたんだよ。そしたら、いきなり殴りつけてきたんだ」

と、目を剝いたまま言った。

おとらは、ちかごろ長屋に住むようになった独り暮らしの老婆である。世話好きで、長屋に何かあるとすぐに顔をつっ込んでくる。おまつは、お熊の隣に住む日傭取《ひようと》りの女房だった。

「行ってみよう」

源九郎は戸口から外へ出た。

なるほど、北側の棟の脇で、仙吉を相手に女房たちが騒いでいた。ぐるりに子供や腰のまがった年寄りなどが、集まっている。騒ぎを耳にして、家から出てきたらしい。長屋の声は筒抜けなので、すぐに住人の耳にとどくのだ。

「どうした、どうした」

源九郎が駆け寄った。

「は、華町の旦那、仙吉がおとせさんを蹴ったんだよ」

おとらが、尻餅をついているおとせを助け起こそうとしていた。

おとせは、興奮と困惑に顔をゆがめている。親子喧嘩が、こんなに大騒ぎになるとは思わなかったのかもしれない。

「うるせえ！　この婆《ばば》ァ」

仙吉がおとらを殴りつけようとして拳を振り上げた。仙吉も興奮しているらしく、顔が蒼ざめ、目がつり上がっている。

仙吉は弁慶格子の派手な柄の小袖を裾高に尻《しり》っ端折《ぱしょ》りし、黒の帯をしめていた。一端《いっぱし》の伊達者気取りである。

「仙吉！　おとらさんに、手を上げるんじゃァないよ」

いきなり、おとせが喉の裂けるような声で叫んだ。

仙吉は、おとせの剣幕と気魄《きはく》にたじろいだらしく、拳を振り上げたまま尻込みした。

「仙吉、いい加減にしろ！」

源九郎が仙吉の前に立ちふさがった。すこし、意見をしてやろうと思ったのである。

「は、華町の旦那かい」

仙吉の口元にひき攣《つ》ったような嗤《わら》いが浮いた。

「おまえも男なら、女や年寄りに乱暴するな」

源九郎が仙吉を睨みつけた。

「へっ、利いたふうなことをぬかすじゃねえか」

仙吉は、源九郎にもつっかかってきた。

「ひとりっきりの母親に、手を上げるなど、男のすることではないぞ」

「うるせえ！　どいつも、こいつも、ギャァギャァ騒ぎやがって、てめえらの顔など見たくもねえや。……そこをどけ！」

そう叫んで、仙吉は源九郎の脇をすり抜けようとした。

「待て！」

源九郎が仙吉の肩先をつかもうとした。

すると、仙吉は、パッと後ろに飛び退《の》き、つかまるかい、と言って、さらに後ろへ下がった。なかなか敏捷《びんしょう》な動きである。

「逃げるつもりか」

「あたぼうよ。旦那は、剣術が強《つえ》えからな。逃げるしかねえや」

仙吉は間を取って腕捲《まく》りすると、

「旦那、命を大事にした方がいいですぜ。そのうち、首が飛ぶかもしれねえよ」

そう言って、口元に勝ち誇ったような笑いを浮かべた。

「なに、首が飛ぶだと」

源九郎は、仙吉が口から出任せを言ったのではないと直感した。仙吉は何か知っているようだ。それも、源九郎の命にかかわるようなことである。

「あばよ」

仙吉は、ぐるりを取り巻いた女房や子供たちの間をすり抜けて駆け去った。

その背が井戸端の脇を通り、路地木戸の方へ消えると、おとせが力なく立ち上がり、

「すいません、すいません。……あの子を、堪忍してやってください」

と泣き声で言いながら、何度も何度も頭を下げた。

「おとせさん、あんたがあやまることはないんだよ。長屋のみんなは、分かって

るんだから。それに、仙吉だって悪い子じゃァないんだよ」

お熊がおとせの肩を抱くようにして言うと、

「そうだよ。世間の流行《はやり》に、気触《かぶ》れてるだけなんだよ。男の子なんて、みんなあんなもんだよ」

と、おまつが慰めるように言った。おまつには、庄太《しょうた》という十二、三歳になる子がいたので、男の子を持った母親の気持が分かるのだろう。

源九郎は、お熊やおまつなど長屋の女房連中にかこまれて自分の家へもどるおとせの後ろ姿に目をやりながら、

……わしの出る幕ではなかったわい。

と、胸の内でつぶやいた。

源九郎は自分の部屋にもどりながら、仙吉が土田屋や相模屋を強請ろうとした若者たちとどこかでつながっているような気がした。仙吉が母親に反抗し、長屋の女房連中に悪態をついたことより、悪い仲間とつながりができることが心配だった。子供であろうと、犯した悪事によっては引き返しができなくなるのである。

六

「お、富が笑った！」

孫六が嬉しそうに声を上げた。

富助のひらいたちいさな口から、白い前歯が見えた。歯肉から米粒のような歯が覗いている。

富助は、母親のおみよの背でねんねこ半纏《ばんてん》にくるまっていた。孫六が覗き込んであやすと、嬉しそうに笑うのである。

「富、おめえの爺《じい》さんだぞ」

孫六が、富助の尻のあたりをたたきながら言った。

すると、富助は首を伸ばし、バア、バア、と声を上げた。

「婆《バア》、婆《バア》、じゃねえ。爺《ジィ》、爺《ジィ》だ」

孫六は目を剝き、ジイジイと言いながら、口をひょっとこのようにとがらせておどけて見せた。

「何言ってるの。まだ、富助には、ジイジイもバアバアも分からないわよ」

おみよが笑いながら言った。

「そうだな。……おっと、もう出かけねえと」

孫六が戸口の腰高障子をあけると、刺すような晩春の陽が、足元を照らした。今日もいい天気である。

「おとっつァん、早く帰ってきてよ」

「夕めし前に、帰ってくるよ」

そう言い置いて、孫六は外へ出た。

これから、浅草諏訪町《すわちょう》の勝栄《かつえい》というそば屋へ行くつもりだった。勝栄は、岡っ引きの栄造《えいぞう》と女房のお勝《かつ》がやっている店である。店名は、お勝の勝と栄造の栄をとったとか。

孫六は岡っ引きをしていたころから栄造と付き合いがあり、いまでも懇意にしていた。これまで源九郎たちとかかわった事件でも、町方の手を借りたいようなときは、栄造に話すことが多かったのだ。

孫六は、源九郎と菅井から若い連中が相模屋も強請ろうとしたことを聞き、町方も動いているのではないかと踏んだ。そして、町方の動きを知るには、栄造に訊くのが手っ取り早いと思ったのである。

孫六は竪川沿いの道を通って両国橋を渡り、広小路を抜けて千住街道へ出た。

街道を浅草寺《せんそうじ》方面に歩けば、諏訪町へ出られる。

千住街道は賑わい、大勢の老若男女が行き交っていた。しばらく雨が降らないせいもあって、路面から靄《もや》のような砂埃《すなぼこり》がたっている。

……暑いな。

陽射しに照らされて歩いていると、汗ばんできた。

しばらく歩くと、喉が渇き、足腰に痛みを覚えた。ちかごろ、長屋にいることが多く、遠出をしなかったせいかもしれない。

……若《わけ》えころは、こんな意気地のねえ体じゃァなかったがな。

孫六は歩きながらぼやいた。

孫六が番場町の親分と呼ばれていたころは、一日中歩きまわっても音《ね》を上げるようなことはなかったのだ。

浅草御蔵の前を過ぎていっとき歩くと、やっと右手に諏訪町の家並が見えてきた。ここまでくれば、勝栄もすぐである。

千住街道から右手の路地へ入ると、勝栄の店先が見えてきた。

暖簾が出ていた。店をひらいているらしい。

戸口に立つと、くぐもったような男の声が聞こえた。栄造の声ではなかったので、客であろう。
暖簾をくぐると、土間のつづきに板敷きの間があり、客がふたりそばをたぐっ
ていた。三十がらみと思われる職人ふうの男である。
孫六が入っていくと、ふたりの男は箸を持った手をとめて孫六に目をむけた
が、すぐにそばをたぐり始めた。貧相な老爺と見て、気にもとめなかったようで
ある。
そのとき、下駄の音がし、粋な年増が顔を見せた。お勝である。お勝は黒襟の
ついた微塵縞《みじんじま》の小袖に赤い片襷《かただすき》をかけていた。あらわになった右腕や色白の胸
元が妙に色っぽい。お勝は子供がいないせいか、いくつになっても娘の色っぽさ
を残している。
「親分さん、いらっしゃい」
お勝も、孫六が岡っ引きだったことを知っているのである。
親分という声で、客のふたりはあらためて箸をとめて孫六に目をむけたが、首
をひねっただけで、またそばを食い始めた。ふたりの横顔には、こんな年寄り
が、親分かい、といった表情があった。
「親分はいるかい」

孫六が訊いた。

「板場にいるから、すぐ呼びますよ」

そう言い残し、お勝はすぐに板場にもどった。

そのお勝と入れ替わるように、栄造が濡れた手を前だれで拭きながら出てきた。

「とっつァん、そばを食いに来たわけじゃァねえだろう」

「ちょいと、訊きてえことがあってな」

そう言って、孫六はふたりの客の方へ目をやった。栄造との話を客に聞かせるわけにはいかなかったのである。

「一杯やるかい」

栄造が小声で言った。

ふたりの客はそばを食い終え、茶をすすっていた。栄造は、酒の用意をしているうちに、客は帰るとみたのであろう。

「それじゃァ、一本頼むか」

とたんに、孫六が相好《そうごう》を崩した。孫六は酒に目がなかったのである。

「お勝、酒と、肴《さかな》に鰈《かれい》を持ってきてくれ」

栄造が板場のお勝に声をかけた。

待つまでもなく、お勝は銚子と鰈の煮付けを持ってきた。飴色に煮付けられた鰈の切り身から、湯気が立っている。どうやら、栄造は板場で鰈を煮付けていたらしい。

「うまいぜ」

栄造が自慢そうに言った。

なるほど、味が染みていてうまかった。酒の肴には、もってこいである。

孫六が栄造のついでくれた酒を飲み干したとき、ふたりの客が立ち上がり、銭を払って店を出ていった。

「とっつァん、話というのは、なんでぇ」

客がいなくなると、栄造の方から訊いてきた。

「黒江町の徳造を知ってるだろう」

孫六は、徳造のことから切り出した。

「ああ、一月ほど前から、姿を消しちまったそうだよ。だれかに殺られ、大川にでも流されたにちげえねえ、と噂する者もいるがな」

栄造の顔がけわしくなった。岡っ引き仲間が殺されたのだから、栄造の胸も穏やかではないだろう。

「ちかごろ、派手な身装《なり》の餓鬼どもが、盛り場を我がもの顔で歩いてるのを見てるだろう」

孫六が話を進めた。

「気に入らねえやつらだ。餓鬼のくせに、伊達者気取りだからな」

栄造の顔に嫌悪の色が浮いた。

「そいつらが、徳造を手にかけたのかもしれねえぜ」

「ほう、とっつァん、何かつかんでるのかい」

栄造が目をひからせて訊いた。

「華町の旦那たちと、ちょいとしたことを頼まれてな」

そう言って、孫六が、これまでの経緯をかいつまんで話した。

「強請りか。それも、大店を相手にな」

栄造が驚いたような顔をした。伊達者気取りで盛り場を闊歩《かっぽ》している若者が、そこまでやるとは思っていなかったのだろう。

「それで、町方は動いてねえのかい」

孫六が訊いた。

「深川を縄張りにしている権次《ごんじ》や茂三郎《もさぶろう》が、徳造の身辺を洗ってるらしいが、若造連中までは手をまわしてねえだろうな」

権次と茂三郎は岡っ引きだった。孫六もふたりの名と顔を知っていた。

「諏訪町の、餓鬼のやることだと、大目に見てやるわけにはいかねえぜ。やつら、まだまだやるとみてるがな。……それに、他に気になることもあってな」

「何が、気になる」

栄造が身を乗り出すようにして訊いた。

「華町の旦那が、口にしてたんだがな。若いやつらの裏で、糸を引いている悪党がいるかもしれねえぜ」

「そうかもしれねえ。餓鬼どもにしちゃァ、やることがでか過ぎるからな」

栄造の顔がけわしくなった。

「それで、どうする？」

「それとなく、探ってみよう」

栄造が目をひからせて言った。やり手の岡っ引きらしいけわしい面貌《おもて》である。

「徳造の二の舞いにならねえように、気をつけな」

「おめえもな」

そう言って、栄造が銚子を取った。

七

浜乃屋を出た源九郎は、大川端沿いの通りへ出た。六ツ（午後六時）が、半刻（一時間）ほど過ぎていたろうか。辺りは淡い夜陰に染まり、川端の柳が川風に黒髪をなびかせるように枝葉を揺らしていた。

大川の川面に、軒下に提灯《ちょうちん》をつるした屋根船が出ていた。その灯《ひ》が、川面に映って揺れている。通りにはぽつぽつ人影があったが、静かだった。大川の流れの音だけが、源九郎の身をつつみ込むように聞こえていた。

この日、源九郎は、お吟に伊達者気取りの若い連中のことを訊いてみようと思い、浜乃屋に足を運んだのだ。それというのも、これまで若い連中が手を出した大店は、土田屋と相模屋、それに黒江町の料理茶屋の松崎屋と深川だけに集中していたからである。

こうした噂は遊び人や地まわりなどを通して、料理屋、船宿、岡場所などにひろまるもので、お吟の耳にも入っているかと思ったのである。

源九郎が飲みながらお吟に訊くと、

「伊達若衆かい」

お吟が揶揄《やゆ》するように言った。

お吟によると、ちかごろ派手な衣装で闊歩している若い連中は、深川の料理屋や飲み屋の客の間で伊達若衆とか若衆とか呼ばれているそうである。

「その伊達若衆だが、この店には来ないのか」

源九郎が訊いた。

「ここに、子供は来ないの。旦那のような頼りがいのある男だけ」

お吟は甘えるような声で言い、源九郎の胸にしなだれかかってきた。

「頼りがいな」

お吟は気を使って、年寄りとは口にしなかった。

それから、源九郎は伊達若衆のことを訊いたが、お吟もそれ以上のことは知らなかった。

源九郎は浜乃屋に一刻（二時間）ほどいて、数人の客が入ってきたのを潮に腰を上げた。

お吟は、まだ早いと言って引きとめたが、源九郎は店を出た。それ以上いると、帰りたくなくなるからである。

仙台堀にかかる上ノ橋を渡ってすぐだった。前方の川端の柳の樹陰から人影が通りへ出てきた。牢人らしい。大刀を一本だけ落とし差しにしていた。

牢人は源九郎の行く手をふさぐように道のなかほどに立った。総髪の前髪が、額に垂れている。面長で浅黒い顔をしていた。底びかりする双眸が、源九郎を見すえている。餓狼のような不気味な雰囲気が身辺にただよっている。

……わしを狙っている！

牢人の身構えに殺気があった。

「おぬし、何者だ」

源九郎が誰何《すいか》した。すばやく、左手で鍔元《つばもと》をにぎり鯉口を切った。

「だれでもいい」

牢人がくぐもった声で言い、右手を刀の柄に添えた。

ふたりの間合はおよそ五間。牢人はゆっくりと間合をつめてきた。

「わしに何の用だ」

源九郎も右手を柄に添えた。

「斬る」

言いざま、抜刀した。

「だれかに、頼まれたのか」

源九郎は牢人に見覚えはなかった。辻斬りや追剝ぎの類ではない。牢人は源九郎と知っていて、斬ろうとしている。暗殺である。

「問答無用」

牢人はわずかに腰を沈め下段に構えた。切っ先が、地面に付くほどの低い下段である。

「やるしかないようだな」

源九郎は抜刀して青眼に構えた。

つ、つ、と牢人が間合をせばめてきた。低い体勢のまま、摺り足で身を寄せてくる。

……遣い手だ！

と、源九郎は察知した。

牢人は全身から痺《しび》れるような殺気を放っていた。下段の構えには、下から押し上げてくるような威圧がある。

源九郎は剣尖《けんせん》を敵の目線につけ、気を鎮めた。敵の斬撃の起こりをとらえようとしたのである。

ふいに、牢人の寄り身がとまった。絶妙な間積もりだった。一足一刀の斬撃の間境のわずか手前である。

牢人は寄り身をとめると、かすかに切っ先を上下させた。牽制《けんせい》である。源九郎の青眼の構えをくずそうとしているのだ。

源九郎は動かなかった。敵の切っ先の動きに惑わされぬよう、敵の全身を見る遠山《えんざん》の目付《めつけ》で、敵の気の動きをうかがっていた。

数瞬が過ぎた。

ふたりから、気合も息の音さえ聞こえない。時のとまったような静寂《しじま》のなかで、緊張だけが高まっていく。

フッ、と牢人の肩先が沈んだ。

利那、牢人の全身から稲妻のような剣気が疾《はし》った。

……くる！

感知した瞬間、源九郎の体が躍動した。

イヤッ！

タアッ！

ふたりの鋭い気合が静寂をつんざき、二筋の閃光《せんこう》が疾った。

源九郎の刀身が青眼から袈裟《けさ》へ。

牢人の刀身が逆袈裟に。

ふたりの刀が眼前ではじき合い、甲高い金属音とともに青火が散り、金気が流れた。

次の瞬間、ふたりは刀身を返しざま真っ向へ斬り込んだ。一瞬の太刀《たち》捌《さば》きである。

ふたりの刀が鍔元で合致し、鍔《つば》迫《ぜ》り合いになった。

数瞬、ふたりは刀身を間に睨み合ったが、ふいに、ふたりの体が後ろへ飛んだ。

飛びざま源九郎は、敵の鍔元へ突き込むような籠手《こて》をみまい、牢人は鋭く刀身を横に払った。

ザクリ、と牢人の前腕が裂けた。血がほとばしり出、赤い布でおおうように腕が赤く染まっていく。

源九郎の左の二の腕も着物が裂け、肌から血が流れ出ていた。牢人の横に払った一撃が、二の腕をとらえたのである。

「相打ちか」

牢人がつぶやいた。口元にうす嗤いが浮いていたが、源九郎を見つめた双眸は、猛虎のような猛々《たけだけ》しいひかりを放っていた。

牢人はふたたび下段に構えた。前腕から、タラタラと血が赤い筋を引いて流れ落ちている。牢人の切っ先がかすかに震えていた。手の負傷と気の昂《たかぶ》りが、刀を持つ手を震わせているようだ。

源九郎は青眼に構えた。剣尖を敵の目線につけたが、かすかに揺れている。源九郎も二の腕の傷で、左手が震えているのだ。

牢人が下段の構えから間合をつめようとしたときだった。

ふいに、路地から人影があらわれた。町人体の男が三人。酔っている。近くの飲み屋で飲んだ帰りらしい。

「斬り合いだ！」

男のひとりが、悲鳴のような声を上げた。すると、他のふたりも、辻斬りだ！だれか、自身番に知らせろ！　などと、叫び声を上げた。

と、牢人の顔に苛立《いらだ》ったような表情が浮いた。そして、すばやく後じさりして間を取ると、

「華町、勝負はあずけた」

と言いざま、反転した。

牢人は夜陰のなかに駆けだした。その姿が、見る間に闇のなかに溶けていく。

源九郎は刀をひっ提げたまま消えていく牢人の背を見送っていた。

「だ、旦那、でぇじょうぶですかい」

職人らしい初老の男が、目を剝いて訊いた。他のふたりも恐る恐る近付いてきて、覗き込むように源九郎を見ている。

「ああ、おまえたちのお蔭で命拾いしたよ」

源九郎は刀を納めると、ゆっくりと歩きだした。

歩きながら、ふところから手ぬぐいを出し、左腕を縛った。まだ、出血していたが、浅手である。

いつの間にか、大川端は夜の闇につつまれていた。頭上の弦月が皓々《こうこう》とかがやている。源九郎は己の影を曳きながら、足早に歩いた。

……あやつ、何者だろう。

何者かに殺しを依頼された殺し屋ではあるまいか、と源九郎は思った。

だれが、殺しを依頼したのか？　そう問うたとき、源九郎の脳裏に、仙吉が、そのうち首が飛ぶかもしれねえよ、と口にした言葉がよぎった。

そして、深川の商家を強請った若衆たちの背後にいる黒幕の存在が、あらためて浮かんできた。

第三章　悪の道

一

おとせは腰高障子をあけると、手桶を持って井戸へむかった。憔悴《しょうすい》した顔をしている。陽に灼《や》けた浅黒い肌がさらに黒ずみ、櫛を入れてない髪は乱れて頰に垂れ下がっていた。継ぎはぎだらけの着物は、垢と汗の臭いがする。このところ、おとせは、仙吉のことが心配で夜も眠れず、食事もまともに摂《と》れなかった。仙吉は、長屋の女房連中とやり合った後、家に帰ってこなかった。すでに、五日経つ。

仙吉は巾着《きんちゃく》に多少の銭は持っていたが、めしを食う銭も底をついてしまっただろう。どこかで野垂れ死にしているのではあるまいか。お上の世話になるような悪事を働いているのかもしれない。そうした思いが、おとせの胸を次々によぎり、心配と不安で仕事も手につかなかった。

井戸端は晩春の陽が満ちていた。四ッ（午前十時）ごろである。そのひかりのなかで、お熊とおまつが盥《たらい》を前にして屈み込み、洗濯をしていた。お熊のひらいた股の間から赤い二布《ふたの》が覗いている。お熊は、丸太のような太腿があらわになっていたが、まったく頓着しなかった。

「おや、おとせさん、水汲みかい」

お熊が、井戸端に近付いてきたおとせを目にして声をかけた。

「ええ」

おとせは肩を落としたまま答えた。まったく元気がない。まるで、死にかかった重病人のようである。

「仙吉は、まだ、帰ってこないのかい」

お熊が心配そうな顔で立ち上がった。おまつも立ち上がり、濡れた手を振って水を切っている。

「そうなの」

おとせは力なく答えた。

「心配だねえ」

「何か悪いことでもしてるんじゃァないかと思うと、夜も眠れなくて……」

おとせの声が涙声になった。

「おとせさん、だいじょうぶだよ、すぐに、帰ってくるからさ。仙吉は悪い子じゃないからね。あたし、知ってるんだよ。……いつも、あんたが仕事から帰ってくるのを、井戸端のそばに屈み込んで、暗くなるまで待ってたんだから」

お熊も涙声になった。熊のような顔がゆがんでいる。

「ほんとに、あの子は母親思いの子だよ」

脇からおまつが、しんみりした口調で言った。

「ずっと、前のことだけどね。あたしが、饅頭《まんじゅう》をあげたことがあるんだよ。そうしたら、あの子、おっかァと半分ずつ食う、と言って、家へ飛んで帰ったんだよ」

そう言って、おまつが洟《はなみず》をすすり上げた。

「で、でも、あの子、ちかごろ変わっちまって……。まるで、よその子みたいなんだよ」

そう言って、おとせが顔を両手でおおった。

「よその子だなんて、おとせさんがそんなこと言っちゃァ駄目だよ。仙吉には、母親のあんたしかいないんだからさ」

お熊が口をへの字にまげ、べそをかいたような顔をして言った。

「でも、あの子は、あたしのこと、親だなんて思ってないかもしれないよ」

おとせが顔を手でおおったまま言った。

「駄目だよ。おとせさんが、そんなふうに思っちゃァ。あんただって、あの子しかいないんだろう」

お熊がそう言うと、

「そ、そうだよ。あたしには、あの子しかいないんだよ」

おとせは、顔を手でおおったまま泣きだした。肩を揺らし、指の間から喉のつまったような泣き声が洩《も》れてきた。

お熊とおまつはいっしょに肩を落とし、涙ぐんでいたが、お熊が太い腕でグイと涙をぬぐうと、

「おとせさん、あんたがそうなふうにめそめそしてたら、仙吉は帰りたくても帰れりゃァしないよ。そうだろう、仙吉だって、あんたの泣いてる顔は見たくないはずだよ」

と、声を強くして言った。

「……」

おとせは、顔から手を離して、お熊の顔を見た。目が赤くなり、涙と洟で顔がくしゃくしゃになっている。

「あんた、ちかごろ、仕事に行ってないんじゃァないのかい」

お熊が訊《き》いた。

「仙吉のことが心配で、仕事をする気になれないんだよ」

おとせは、うなだれたまま言った。

「駄目だよ。あんたが、そんなざまじゃァ。いいかい、仙吉がいるときと同じように仕事に行って、同じようにめしを炊いて食うんだよ。そうすれば、仙吉だって、きっと帰ってくるから」

お熊がそう言うと、おまつが、そうだよ、おとせさんが元気を出さなくちゃァ、と励ますように言い添えた。

「分かったよ」

おとせが、力なくうなずいた。

「ちかごろ、仕事はあるのかい。なければ、亭主に訊いてやるよ」

お熊の亭主の助造は、日傭取《ひようと》りだった。おとせの仕事がなければ、助造と同じ仕事ができるように、頼んでやると言っているのだ。

「仕事はあるんだ。下働きだけどね。深川の油問屋の上総屋《かずさや》さん」

おとせによると、上総屋に奉公していた下働きの男が亡くなり、主人の篤左衛《とくざえ》門《もん》から代わりに来てくれと頼まれているという。ただ、店の雑用だけでなく、干《ほ》鰯《しか》魚や搾滓《しめかす》などを運ぶ力仕事もしなくてはならないそうである。干鰯魚や搾滓は金肥《きんぴ》と称し、肥料として高値で売買されていたのだ。

「それなら、明日から上総屋さんに行きなよ。仙吉が長屋に帰ってきたら、あたしらが引きとめておくからさ」

「そうするよ」

おとせはいくらか元気付いたらしく、ひとつうなずくと、手桶を持ったまま家の方に歩きだした。

お熊が声をかけた。

「おとせさん、水汲みに来たんじゃァないのかい」

「そうだ、水、水……」

おとせが、慌ててもどってきた。その口元に、ゆがんだような笑みが浮いていた。

その日、暮れ六ッ（午後六時）すこし前、お熊は小松菜《こまつな》と油揚げの煮浸《にびた》しを小鉢に入れて、源九郎の家へむかった。夕餉《ゆうげ》の菜に作った煮浸しをお裾分けしようと思ったのだが、それより源九郎に仙吉のことを頼みたかったのである。

お熊は、おとせに仙吉は帰ってくると言ったが、その自信はなかった。お熊にも、仙吉は二度と長屋にもどらないのではないかという危惧があったのだ。

お熊は源九郎に井戸端でおとせと話したことを伝え、

「おとせさん、このままじゃァまいっちまうよ」

と、眉宇《びう》を寄せて言った。

「何とかせねばな」

源九郎も、おとせを助けてやりたかった。

「仙吉を見かけたら、長屋にもどってくるように話しておくれよ」

お熊が言った。

「分かった。菅井や孫六にも話しておこう」

源九郎は、おとせのためにも仙吉を長屋に連れもどしたいと思った。それに、仙吉のことの他にも菅井たちに話しておきたいことがあった。

二

その夜、源九郎の部屋に五人の男が集まった。源九郎の他は、いつもの菅井、孫六、茂次、三太郎である。

車座になった男たちの前に、酒の入った貧乏徳利と漬物や煮染《にしめ》などの小鉢や丼などが並んでいた。酒は菅井と茂次が用意し、肴《さかな》は孫六と三太郎が持参したのだ。それに、お熊からもらった小松菜の煮浸しもある。

五人は茶碗酒を酌み交わした後、

「まず、これを見てくれ」

そう言って、源九郎が左腕の袖を捲《まく》り上げた。二の腕に晒《さらし》が巻かれ、赭黒《あかぐろ》い血の色がある。

「おい、斬られたのか」

菅井が驚いたような顔をして訊いた。

「昨夜《ゆうべ》な」

源九郎は、大川端で牢人に待ち伏せされて立ち合ったことをかいつまんで話した。

「それで、怪我は」

茂次が訊いた。

「浅手だ。気にするような傷ではない」

事実、刀を自在にふるうこともできたし、それほどの痛みもなかった。

「相手は何者なのだ」

菅井が渋い顔で訊いた。

「分からん。ただ、辻斬りや追剝ぎの類ではないな。わしの命を狙って、待ち伏せていたのはまちがいない」

源九郎は、土田屋や相模屋の件とかかわりがあるのではないかと思ったが、口にしなかった。推測だけで、確かなことは何も分かっていなかったからだ。

「旦那が恨みを買うとは思えねえし、女のことでやり合うようなこともねえし、考えられるのは、土田屋と相模屋を強請《ゆす》った連中じゃァありませんかね」

茂次が、源九郎が言いたかったことを言いだした。

「わしも、そうとしか思えんのだが、まだ、はっきりしたことは何も分からんからな」

「やはり、餓鬼《がき》どもの裏で糸を引いているやつがいるのか」

菅井がけわしい顔で言った。

「いずれにしろ、これで済んだとは思えん。また、わしを狙ってくるだろうし、当然、ここにいる四人の命も狙ってくるはずだ」

源九郎は、このことを菅井たち四人に伝えたいためにこの場に集めたのだ。

「油断はできんということだが、襲われるのを待つ手はないな。何とか、敵の正体をつかんで、こっちから仕掛けたいな」

菅井が言った。

孫六たち三人はうなずいたが、次に口をひらく者はいなかった。重苦しい沈黙が座敷をつつんでいる。酒もなかなか進まなかった。酒好きの孫六まで、湯飲みを手にしたまま考え込んでいる。

「ところで、土田屋や相模屋を強請った連中のことで、何か分かったかな」

源九郎が、声をあらためて訊いた。

茂次と三太郎は、それぞれ仕事の合間に探っていたはずである。

「あっしは、研ぎの仕事で深川をまわって聞き込んだんですがね。伊勢崎町《いせざきちょう》の戸津屋《とづや》も伊達若衆《だてわかしゅう》に、八十両ほど強請られたそうですぜ」

茂次は、伊達若衆と呼んだ。聞き込みで、そう呼ばれているのを知ったのだろう。

戸津屋は、米問屋の大店《おおだな》だった。伊達若衆たちは深川界隈《かいわい》の大店を狙って、次次に金を強請り取っているようである。

「おれは、深川の八幡さまの境内で砂絵描きをしながら話を聞きやした。伊達若衆たちのなかには、岡場所や賭場にも出入りするやつがいるそうですよ」

三太郎が小声で言った。

「華町の旦那、あっしは十二、三歳の餓鬼が、伊達気取りで、肩で風切って歩いているのを見やしたぜ」

茂次が苦々しい顔で言い添えた。

「困ったことだな。町方にお縄になれば、思い知るだろうが、そのときでは遅いからな」

「旦那、その町方ですがね。栄造によると、徳造の件で動き出してるやつがいるようですぜ」

孫六が言った。

「実はな、長屋の仙吉のことも心配なのだ」

　そう言って、源九郎はこれまでの経緯やお熊から聞いた話などを伝えた。ただ、四人とも長屋の住人なので、仙吉が伊達者ふうの格好で繁華街をふらつき、長屋を飛び出したままであることは知っていた。

「おとせのためにも、仙吉が悪事を働かぬうちに長屋に連れもどしたいのだ」

　源九郎が言った。

「長屋の子がお縄になるのを見たくねえからな。あっしらの手で、仙吉をおとせの手にもどしてやりやしょうよ」

　孫六が言い、菅井たち三人もうなずいた。

「それで、仙吉をどこかで見かけなかったか」

　源九郎が四人に視線をめぐらせて訊いた。

　だれも見かけた者はないらしく、四人とも首を横に振っただけだった。

「旦那、あっしが、明日にも、磯六の親に訊いてみやしょう」

　孫六が言った。

　仙吉は磯六とつるんで遊びまわっていたのだ。磯六の家は竪川沿いにある富田《とみた》屋《や》という米屋である。

「そうしてくれ」

源九郎は貧乏徳利を手にし、ともかく、飲んでくれ、と言って、四人の膝先に置いたままになっていた湯飲みに酒をついだ。

それを機に五人は酒を飲み始めたが、源九郎を襲った牢人や仙吉のことが気になるらしく、賑やかな座にはならなかった。

三

「磯六、茂助、仙吉、おめえたちの初仕事だ」

辰造が一同に視線をまわし、どすの利いた声で言った。その顔からひょっとこの辰と呼ばれるおどけた表情は拭い取ったように消え、細い目には蛇を思わせるようなひかりが宿っていた。

千鳥屋の奥の座敷である。薄暗い部屋のなかに、八人の男が集まっていた。辰造のほかに、以前千鳥屋で飲んでいた宗次郎、利根助、嘉次、三五郎、それに磯六、茂助、仙吉の三人である。

昨夜、この店の奥の座敷で仙吉たち三人が、利根助たちと仲間内の博奕《ばくち》で遊んでいると、辰造が座敷を覗き、

「磯六たち三人にも、そろそろ手を貸してもらおうか」

と、言いだした。

「兄イ、何をやるんです」

磯六が訊くと、脇にいた利根助が、

「いっしょに来れば分からァ」

と、口元にうす笑いを浮かべて言った。

「おめえたちも、いつまでも何もしねえで、酒を飲んでるのは気が引けるだろう。それに、すこしは、まとまった銭も欲しいだろうからな」

辰造は、そう言っただけだった。

そうしたやり取りがあって、仙吉たちはこの座敷に集まっていたのだ。

「磯六たち三人だが、おめえたちは宗次郎の後ろに立って睨《にら》みをきかしていりゃァ、それでいいんだ」

辰造が言った。

宗次郎は二十歳前後と思われた。以前、店で飲んでいたときは地味な細縞の単衣《ひとえ》を着流していたが、今日は派手な弁慶格子の単衣と黒の帯だった。裾高に尻《しり》っ端折《ぱしょ》りし、両脛をあらわにしている。

「店の者とのやり取りは、おれと利根助でやる。後の者は、奉公人たちを睨みつけてりゃァいい。分かったな」

宗次郎が、仙吉たちを見まわして言った。低い声だが、恫喝《どうかつ》するようなひびきがあった。どうやら、宗次郎が七人のなかでは頭格らしい。

仙吉たちはどこで何をするのか知らされなかったが、それを訊くこともできない高圧的な雰囲気があった。

「へい」

利根助が答えると、他の五人も、へい、と声を上げた。仙吉たちは、そう答えることしかできなかったのである。

「行くぜ」

宗次郎が立ち上がった。すぐに、利根助たち六人がつづいた。

陽は西の空にまわっていた。七ツ(午後四時)ごろである。千鳥屋を出た七人は、大川端の道を川下にむかっていっとき歩き、熊井町へ入った。

「利根助兄イ、どこへ行きやすんで」

磯六が、利根助に身を寄せて訊いた。

「米問屋の増森屋《ますもりや》を知ってるかい」

利根吉が小声で言った。

「へえ」

増森屋は、熊井町の大川端にある米問屋の大店だった。奉公人が十人ほどいると聞いていた。

「増森屋を、ちょいと脅してやるだけよ。仕事がうまくいきゃァ、今夜はいい思いができるぜ」

そう言うと、利根助が口元にうす笑いを浮かべた。

「増森屋だぜ」

磯六が小声で仙吉に言った。

増森屋は、通り沿いに大店らしい土蔵造りの店舗をかまえていた。奥には土蔵と米を保管して置く倉庫らしい建物もあった。

店先から、印半纏《しるしばんてん》を羽織った奉公人や船頭らしき男が出入りしていた。活気があり、傍目《はため》にも繁盛していることが知れた。

店の脇まできたとき、宗次郎が路傍に足をとめ、

「いいか、どんなことがあっても、甘い顔をするなよ。店の者をひとりやふたり殺すつもりで、乗り込むんだ」

宗次郎が、磯六、茂助、仙吉に目をむけて念を押すように言った。

磯六たち三人は目を剝《む》いて、うなずいた。三人とも、こうなったら宗次郎たちにしたがってやるしかないと思ったのだ。

七人は増森屋の暖簾《のれん》を撥《は》ね上げて、店内に乗り込んだ。

ひろい土間に、奉公人と船頭らしき男が三人いた。土間に積んであった米俵を外に運び出そうとしているところだった。その土間の先に帳場があり、帳場格子のなかに番頭らしき年配の男が座っていた。帳場机で算盤《そろばん》をはじいていたようである。

「あるじは、いるか!」

いきなり、宗次郎が怒鳴り声を上げた。

土間にいた三人の男が仕事の手をとめて振り返り、帳場にいた番頭らしき男が、驚いたような顔をして腰を上げた。

「あるじに、用があるんだ!」

つづいて、利根助が叫んだ。

番頭らしき男が慌てた様子で、上がり框《がまち》まで出てきた。顔がこわばっている。伊達者ふうの七人の若衆を見て、ただごとではないと察したようだ。

「番頭の蓑蔵《みのぞう》でございます。何か、ご用でしょうか」

蓑蔵が、腰をかがめながら訊いた。

「番頭か、用があるのはあるじだ。ここに、連れてこい」

宗次郎が居丈高に言った。

「ご用をうけたまわってから、あるじにお伝えしますが」

蓑蔵が恐る恐る訊いた。

「増森屋は、この先の桟橋から米を陸揚げしてるな」

「はい、船で運ばれてきた米は桟橋から揚げてますが、それが何か」

「陸揚げの人足が、米俵を道端に積んでたのよ。それが転がって、おれの従兄弟《いとこ》の足に当たってな、足をくじいちまったのだ。お蔭で仕事にはいけねえし、薬代もかかった。それで、薬代を出してもらおうと、談判に来たのよ」

宗次郎が声を荒立てて言った。

「そんな話は、聞いてませんが」

蓑蔵が疑わしそうな目で宗次郎を見た。

「おい、おれが嘘を言ってるとでも、思っているのか」

宗次郎が袖をたくし上げて、どすの利いた声で言った。

「い、いえ、そのような……。それで、どなたです、足をくじいた方は？」

蓑蔵は、宗次郎の後ろに立っている仙吉たちに目をむけた。

「ばかやろう、足をくじいたやつを連れてこれるか」

「ですが、それでは言いがかりとしか思えませんが……」

「やろう、おれたちを馬鹿にしてやがるな。おい、どうする？」

宗次郎が、利根助に顔をむけた。

「兄イ、かまわねえ。店をぶち壊して、やりやしょう」

利根助が言うと、つづいて、嘉次と三五郎が、仲間の敵だ！　店をぶち壊せ！

と叫んだ。つられて、磯六までが、やっちまえ！　と声を上げた。

茂助と仙吉は顔をこわばらせ、蓑蔵を睨みつけている。

「お、お待ちを！」

蓑蔵が慌てて腰を浮かし、

「そ、それで、薬代はいかほどで」

と、蒼ざめた顔で訊いた。

「三両」

宗次郎が、指を三本突き出して言った。

「三両でございますか」

蓑蔵が拍子抜けしたような顔をした。七人もで押しかけてきて、要求が三両だけとは思わなかったのだろう。

蓑蔵も、これは強請りだ、と気付いていたが、三両だけでことが済むなら、との思いが胸をよぎった。それでも、蓑蔵は慎重だった。

「ですが、てまえの一存では何とも。あるじに訊いてきますので、しばらくお待ちを」

蓑蔵はそう言い残し、慌てた様子で帳場の奥へひっ込んだ。

いっときすると、蓑蔵が宗次郎の前にもどってきた。

「三両だけで、済むのでしょうか」

蓑蔵が、上目遣いに宗次郎を見上げながら訊いた。

「おお、三両だけだ」

「それでは、これを」

蓑蔵がふところから折り畳んだ紙を取り出した。金が包んであるらしい。おそらく、主人と相談し、三両渡して帰ってもらうことにしたのだろう。

「怪我の薬代、たしかに受け取ったぜ」

宗次郎はそう言って、受け取った金をふところにねじ込むと、やろうども引上げだ、と言って、きびすを返した。

利根助たち六人が肩を怒らせ、宗次郎の後につづいて店を出ていった。

七人は大川端へ出た。陽は日本橋の家並の先に沈み、鴇色《ときいろ》の残照が西の空をおおっていた。その残照が大川の川面に映り、波の起伏とともに揺れている。

そろそろ暮れ六ツ（午後六時）であろうか。大川端を行き来する人々は、迫りくる夕闇にせかされるように足早に通り過ぎていく。

……強請りだ！

仙吉の顔はこわばり、全身に鳥肌が立っていた。それも、大店を相手に金を脅し取ったのである。

……おれは、強請り仲間のひとりだ！

仙吉は、強請り一味のひとりにくわえられたことを察知した。

四

「うまくいったな」

宗次郎が満足そうにつぶやいた。

七人は、相川町の千鳥屋へむかっていた。歩きながら、磯六が利根助に身を寄

せ、

「三両、手に入《へえ》りやしたね」

と、つぶやいた。その顔はこわばっていたが、腑に落ちないような表情もあった。磯六の胸にも、七人もで押しかけて、三両ではすくないのではないかという思いがあったのである。

「おめえ、これで、済んだと思ってるんだろう」

利根助が口元にうす笑いを浮かべて言った。

「まだ、何かあるんですかい」

「増森屋から、金を絞り取るのはこれからなんだよ。……十日ほどしてな、また、増森屋へ行くのよ。そして、今度は三十両、出させる。さらに、十日ほどして百両だ。……今日のところは、増森屋の出方をみただけなのよ」

利根助がそう言うと、宗次郎が、

「食いついたら離さねえ。絞れるだけ絞り取ってやるのが、おれたちのやり方よ。……次も、おめえたちには手伝ってもらうぜ」

と、仙吉たちにも目をやりながら言った。

仙吉は宗次郎の言葉に、おめえたちも離さねえ、と言われたような気がして、身震いした。

……これで終りではないのだ！

宗次郎たちは、大店を相手に大金を脅し取ろうとしている。しかも、次も仙吉たちにくわわるよう命じているのだ。

仙吉は磯六と茂助に目をやった。ふたりとも興奮しているらしく、目をつり上げていた。ただ、顔に怯《おび》えや不安そうな表情はなかった。何か、博奕で大金を賭けたときのような血走った目をしている。

千鳥屋に着くと、辰造が待っていた。宗次郎から首尾を聞くと、満足そうに目を細め、

「おめえたちにも、小遣いをやるぜ」

と言って、巾着を取り出した。

そして、これで、遊んできな、と言って、磯六、茂助、仙吉に二朱ずつくれた。一方、利根助、嘉次、三五郎は二分ずつだった。

「来な、おもしれえところへ連れてってやるぜ」

利根助が、仙吉たち三人に声をかけた。どうやら、辰造が、遊んできな、と言ったところらしい。

利根助たち三人といっしょに仙吉たちも、千鳥屋を出た。すでに、通りは深い夜陰につつまれていた。

「兄イ、どこへ連れてってくれるんで」

磯六が訊いた。

「黙ってついてくりゃァ分かるぜ」

利根助は、にやにや笑っている。嘉次と三五郎も経験があるらしく、妙に興奮した顔付きをしていた。

利根助たちが連れて行ったのは、黒江町の掘割沿いにある仕舞屋《しもたや》だった。板塀をめぐらせた妾宅ふうの家である。人影のない寂しい路地を入った突き当たりにあり、周囲は笹藪《ささやぶ》や長屋の板塀などになっていた。

枝折《しお》り戸の前まできたとき、利根助が、

「賭場だよ」

と、小声で言った。

「賭場……」

仙吉は、ドキリとした。本物の賭場らしい。仲間内での遊び半分の博奕とはちがう。

仙吉の膝頭が、小刻みに震えだした。磯六と茂助に目をやると、ふたりとも顔をこわばらせていたが、何も言わなかった。

「洲崎《すさき》の狛蔵《こまぞう》親分の名を、聞いたことはねえか」

利根助が声をひそめて言った。

「あ、ある」

磯六が震えを帯びた声をだした。

仙吉も、洲崎の狛蔵の名は聞いたことがあった。滅多に姿をあらわさないが、深川一帯を縄張りにしている大親分とのことだった。深川洲崎の漁師の子として生まれ、そこで育ったので洲崎の狛蔵と呼ばれているそうである。

「その狛蔵親分の賭場だよ」

利根助が、顎を突き出すようにして言った。

「おめえたちは知るめえが、辰造兄イは、狛蔵親分の片腕なのよ。むろん、宗次郎の兄イも親分の子分だ」

「そ、そうか」

磯六が、ゴクリと唾を飲み込んだ。

「辰造兄イが、遊んでこい、と言ったのは、この賭場のことさ。辰造兄イが、ここに寄越したのは、おめえたちを仲間と認めたからなんだぜ」

そう言って、利根助が磯六や仙吉の肩をたたいた。

ここまで来て、引き返すわけにはいかなかった。仙吉は利根助たちにつづいて戸口から入った。家のなかは思ったよりひろかった。四隅に百目蠟燭《ろうそく》が点《とも》り、盆《ぼん》茣蓙《ござ》を照らしだしていた。ムッとするような温気《うんき》と莨《たばこ》の煙につつまれている。

……半方ないか、半方ないか、半方ないか。

宰領役の中盆の声が、低くひびいている。客たちに、半に張るようにうながしているのだ。

その盆茣蓙を取りかこむように二十人ほどの男が座っていた。諸肌脱ぎの壺振り、遊び人ふうの男、博奕打ちらしい剽悍《ひょうかん》そうな男、商家の旦那ふうの男など……。だれもが殺気立った顔をし、目をギラギラさせている。

「こっちへ来な」

利根助が、磯六たち三人を賭場の奥の座敷に連れていった。

長火鉢の向こうに、五十がらみと思われる大柄な男がいた。眉《まゆ》が濃く、鼻が大きかった。ギョロリとした大きな目をしている。

その男の脇に胡座《あぐら》をかいている牢人体の男がいた。総髪で、前髪が額に垂れている。猪口《ちょく》を手にし、手酌で酒を飲んでいた。陰湿な感じのする牢人である。

仙吉たちが入って行くと、牢人はチラッと底びかりのする目をむけたが、表情も動かさず、猪口の酒をかたむけていた。

「親分、磯六たちを連れてきやした」

利根助が、大柄な男の前に座って頭を下げた。親分の狛蔵らしい。

「よく来たな。おめえたちのことは、辰造から聞いてるぜ」

そう言って、磯六、茂助、仙吉の顔を品定めするように見ると、利根、今夜はおめえが面倒をみてやりな、と言い添えた。

「へい、それじゃァ遊ばせていただきやす」

利根助はそう言って、仙吉たちを連れて賭場へもどった。

利根助たちは客の間に割り込み、辰造からもらった二分を元手にして賭け始めた。磯六たち三人は利根助たちの後ろに座って、しばらく様子を見ていたが、中盆の長次《ちょうじ》という男にうながされて何度か駒を張った。

付きがあったのか、磯六、茂助、仙吉の三人は負けなかった。半刻（一時間）ほどすると、元手の二朱が倍ちかくになっていた。もっとも、磯六たち三人は、三、四度、駒をそろえるために長次にうながされて張っただけだったので、付いていたというほどのこともないのである。

仙吉たちは夜が白んできたころ、賭場を出た。仙吉は、ぐったりと疲れていた。体は襤褸屑《ぼろくず》のようだったが、神経が針のようにとがり、まったく眠気は感じなかった。手には、二分ちかい金が残っている。仙吉にとって、二分の金はこれまで自分で自由に使ったことのない大金だった。

仙吉の胸の内には、悪の世界に引き込まれていく恐怖と自分が一人前の大人になったような高揚感が渦巻いていた。

夜明け前の静寂《しじま》と夜陰につつまれた人影のない町筋を歩きながら、

「腹がへったな」

磯六が声を上げた。

「おれの家へ来い。食い物ならあるぜ」

利根助が言った。

仙吉たちは、これまで何度か利根助の家へころがり込んでいた。利根助の家は、富ケ岡八幡宮の門前通りにある一ノ鳥居の近くの横丁にあった。縄暖簾をだした樽八《たるはち》という小体《こてい》な飲み屋である。五十がらみの父親の峰八《みねはち》が、ふたり酌婦をおいてやっていた。母親はいなかった。峰八は利根助にはまったくかまわず、放任していた。家に帰らなくても、どこへ行っていたか聞き糾《ただ》すようなこともしなかった。おそらく、いまごろ峰八は店をしめ、寝入っているはずである。

「酒もありますか」

磯六が訊いた。

「あるさ、商売だからな」

「よし、飲もう。銭はおれが払うぜ。博奕に勝ったんだ」

磯六が得意そうに言った。磯六が今夜の勝ち頭であった。

五

茂次は、長屋の路地木戸の脇に腰を下ろしていた。佐賀町の中堀《なかぼり》と呼ばれる掘割沿いの路傍である。

茂次の膝先には、さまざまな種類の砥石《といし》や鑢《やすり》の入った仕立箱と水を張った研ぎ桶が置いてあった。仕立箱の上には、錆《さ》びた包丁や鋏《はさみ》などが並べてある。長屋の女房が何人か、茂次に研ぎを頼んで置いていったものだ。

茂次が荒砥《あらと》で包丁の錆を落としているとき、下駄の音がした。顔を上げると、長屋の女房らしい女が錆びた包丁を手にしている。

「研ぎ屋さん、これ、頼めるかね」

女房らしい女が、包丁を差し出した。三十がらみであろうか。丸顔で、糸のように細い目をしていた。

「へい、姐《あね》さん、すぐ研ぎやすぜ」

茂次は研ぎかけの包丁を脇へ置いた。女を引きとめて、話を聞こうとしたのである。

「いくらだい」

「包丁は二十文いただいていやすが、研ぎ上がるのを待っててくれりゃァ、返しに行く手間がはぶけやすから、五文まけやすぜ」

通常包丁の研ぎ代は二十文だった。それを十五文にすると言ったのだ。茂次が、聞き込みをするときに使う手である。

「待ってるよ」

女は茂次の脇へ屈み込んだ。

「姐さん、聞いてやすかい」

茂次は荒砥で錆を落としながら話しかけた。

「なんのことだい」

「伊達若衆などと呼ばれてる連中のことでさァ」

「ちかごろ、よく見かけるよ」

そう言って、女は顔をしかめた。

「派手な身装《なり》して、ほっつき歩いてるだけじゃァすまねえで、大店に因縁をつけて強請ってるらしいですぜ」

「いやだねえ。まだ、十五、六の子だよ」

「家にも帰らねえで、遊びまわってるって聞きやしたぜ」

「そうなんだってねえ」

「いったい、どこを塒《ねぐら》にしてるんですかね。橋の下や寺の御堂に、もぐり込んでるとも思えねえが」

茂次は若衆たちの溜まり場や塒を聞き出そうとしたのだ。

「相川町の料理屋に出入りしてるって、聞いたことがあるけどね」

女は首をひねりながら言った。はっきりしないのだろう。

「何てえ、料理屋で」

「さァ、そこまでは、あたしも知らないよ」

女の顔に不審そうな表情が浮いた。茂次の問いが、岡っ引きの聞き込みのように思えたのかもしれない。

「ま、おれにはかかわりねえからいいが、親はたまらねえだろうね」

茂次は急に世間話でもするような口調になった。

「そうだよ。この先に、足袋屋があっただろう。そこの倅が、仲間でさ、親は困ってたよ」

「松川屋《まつかわや》かい」

茂次は通りの先に松川屋という小体な足袋屋があるのを知っていた。

「そうだよ。松川屋の倅の嘉次ってえ子なんだけどね。まだ、十五なんだよ。それが、親の意見などまったく聞かないそうだよ」

女は顔をしかめて言った。

それから、小半刻（三十分）ほど、茂次は女にそれとなく若衆たちのことを訊いたが、女が口にしたのは、すでに茂次が知っていることばかりだった。

「研ぎ上がりやしたぜ」

茂次は、研ぎ上がった包丁を女に手渡した。

それから一刻（二時間）ほど、茂次はその場で研ぎの仕事をつづけ、近所の女房連中に話を聞いたが、たいした情報は得られなかった。

ただ、亭主が船頭をしているという女房が、三日ほど前に、熊井町の増森屋に若衆たちが押しかけ、店に因縁をつけて三両脅しとったという話を口にした。それを聞いて、茂次は、やつら、さらに手をひろげたようだ、と思った。そのうち、深川だけでなく、本所や浅草にも手を伸ばしてくるかもしれない。

……早《は》えとこ、何とかしねえとな。

茂次は、大川端を歩きながら胸の内でつぶやいた。

まだ、暮れ六ツ（午後六時）前だが、辺りは夕暮れ時のように薄暗かった。曇天のせいである。

茂次は、仕立箱や研ぎ桶をつつんだ風呂敷包みを背中にかついで足早に歩いた。はぐれ長屋へ帰るつもりだった。前方に仙台堀にかかる上ノ橋が見えてきたとき、ふいに右手の路地から派手な身装をした連中があらわれた。

五人。若衆たちである。肩を怒らして道のなかほどを歩いてくる。

茂次はすばやく五人の顔に目をやった。仙吉がいるかと思ったのだが、仙吉の姿はなかった。顔見知りはいない。

五人は何か卑《ひ》猥《わい》な話でもしているのか、ふざけ合いながらときおり下卑《げび》た笑い声を上げた。しだいに、茂次に近付いてくる。

……餓鬼だけじゃァねえ。薹《とう》の立ったやつもいるぜ。

五人のなかに、二十歳前後と思われる男がふたり混じっていた。

茂次は知らなかったが、宗次郎と玄助である。他の三人は、利根助、嘉次、三五郎だった。

茂次は路傍に身を寄せた。相手は五人である。言いがかりでもつけられ、喧嘩でもふっかけられたらつまらないと思ったのである。

五人は道のなかほどをふざけながら、やってきた。

前を歩いていた嘉次と三五郎が茂次の脇を通り過ぎたとき、ふいに利根助が茂次の前に走り寄り、

「ここは、通さねえぜ」

と言って、立ちふさがった。

すると、嘉次と三五郎がすばやく茂次の後ろへまわり込んできた。

「何のつもりだ」

咄嗟《とっさ》に、茂次は利根助の脇をすり抜けて逃げようとした。五人の男が、初めから茂次を襲うつもりで仕掛けてきたのを察知したのだ。

「逃がさねえぜ！」

言いざま、玄助が踏み込んできた。

玄助は左手で茂次の胸倉をつかむと、いきなり茂次の頬を張り飛ばした。

一瞬、茂次の顔が横にふっ飛び、頭の芯にきな臭いような感覚が疾《はし》った。次の瞬間、茂次は顔の半分に焼鏝《やきごて》を当てられたような衝撃を感じた。

茂次はよろめいたが、倒れなかった。頬が火のように熱く、口のまわりに何か流れている。鼻血だった。

「次は、おれだ」

宗次郎が身を低くして疾走してきた。胸のあたりで、刃物がにぶくひかっている。匕首《あいくち》だった。

茂次が匕首と気付き、逃れようとしたときはすでに遅く、宗次郎は茂次の脇を走り抜けていた。

茂次の脇腹に疼痛《とうつう》が疾った。着物が裂け、あらわになった腹に赤い線がはしり、血がふつふつと噴き出てきた。宗次郎の匕首が腹を横に裂いたのだ。

ただ、浅手のようだった。薄く皮肉を裂かれただけらしい。

「茂次、死ぬような傷じゃァねえよ」

宗次郎がうす笑いを浮かべながら言った。

茂次の全身に戦慄《せんりつ》がはしった。興奮のため、それほどの痛みは感じなかったが、恐怖が衝《つ》き上げてきたのだ。

「命が惜しかったら、おれたちのことを探ろうなんて気を起こすんじゃァねえ。次は、土手っ腹に風穴をあけるぜ」

宗次郎が、匕首の峰を指先で撫《な》でながら言った。

玄助たちは茂次のまわりを取りかこみ、ニヤニヤ嗤《わら》っている。

「おめえたち、はぐれ長屋の者たちが何をやったか、分かってるぜ。……他の仲間にも言っておけ、命が惜しかったら手を引くしかねえってな」

宗次郎はそう言い置いて、きびすを返した。

他の男たちも、茂次から去って行く。

茂次は凍りついたようにその場につっ立ったまま、遠ざかって行く五人の背を見送っていた。

六

……まだ、尾《つ》いてくるな。

菅井は背後を振り返って見た。

伊達者ふうの若者が五人、後をついてくる。菅井が両国広小路での居合抜きの見世物を終えて長屋に帰るつもりで両国橋を渡ったときから、五人の若者が十間ほど後ろをついてきたのだ。

五人のなかに、年嵩《としかさ》のいった者がふたりいた。

……茂次を襲った五人かもしれん。

菅井は、茂次から大川端で伊達若衆らしい五人組に襲われたときの様子を聞いていた。幸い、茂次の腹の傷はたいしたことはなく、五日経った今朝は、腹に晒を巻いて井戸端まで水を汲みにきていた。ただ、まだ仕事には出られないようだった。

五人の若者は、しだいに足を速めて菅井との間合をつめてきた。

……おれを、脅すつもりか。

そうはいかぬ、菅井は胸の内でつぶやいた。

菅井は、相手が五人であっても、剣の心得のない者たち相手なら後れを取るようなことはないと踏んでいた。そればかりか、菅井は逆に五人を痛めつけて茂次の敵をとってやろうと思った。

菅井は竪川沿いの道へ来ていた。両国橋の東の橋詰を抜けて元町に入ると、急に人影がすくなくなった。町筋は静かになったが、それでも行き来する人の姿は結構あった。

暮れ六ツ（午後六時）すこし前である。仕事を終えた出職の職人やぼてふり、店者、遊びから帰る子供たちなどが、沈む夕陽にせかされるように足早に通り過ぎていく。

五人の若者の足がさらに速くなった。菅井との間が数間にせばまっている。

……この辺りで、やるか。

菅井は、竪川にかかる一ッ目橋のたもとで足をとめた。橋のたもとがひろくなっていたので、刀をふるう間があるとみたのである。

菅井が足をとめて川岸を背にして立つと、五人の若者がばらばらと走り寄ってきた。宗次郎、玄助、利根助、嘉次、三五郎である。

菅井は、居合の見世物で使った三方《さんぽう》や襷《たすき》などをつつんだ風呂敷包みを路傍に置き、左手で刀の鯉口《こいぐち》を切った。茂次から、若者たちがいきなり仕掛けてきたと聞いていたので、早目に抜刀体勢をとったのである。

「菅井の旦那ですかい」

宗次郎が訊いた。

「そうだが、おまえたちは」

「おれたちは見たとおり、伊達者でござんす」

宗次郎が口元にうす笑いを浮かべて言った。

「それで、おれに何か用か」

「菅井の旦那や華町の旦那がよけいなお節介したようだが、金輪際《こんりんざい》、おれたちの邪魔をしてもらいたくねえんでな」

宗次郎の物言いは低く静かだったが、恫喝するようなひびきがあった。

「そうか、あの馬鹿どもは、おまえたちの仲間か」

菅井が挑発するように言った。そういえば、若者たちのなかに見たような顔がある。

「な、なんだと！」

宗次郎の目がつり上がった。

「おれからおまえたちに言っておく。命が惜しかったら、二度とあのような馬鹿な真似をするな」

さらに、菅井が声を強くして言った。

「やろう！　生かしちゃァおかねえ」

言いざま、宗次郎がふところに呑んでいた匕首を抜いた。つづいて玄助が抜き、利根助、嘉次、三五郎も匕首を手にした。どうやら、いままで匕首を持っていなかった嘉次たちも、今日はふところに呑んできたようだ。

この様子を見た通りすがりの者たちが、ワッと声を上げて、その場から逃げ散った。巻き添えを食うのを恐れたのであろう。

「かかってこい」

菅井が右手を刀の柄に添えて、居合腰に沈めた。

と、宗次郎が踏み込みざま手にした匕首を突きだした。抜刀しても、菅井の切っ先がとどかない遠間だった。宗次郎は菅井が居合を遣うと知っていて、刀を抜かせようとしたのである。

いきなり、菅井が半歩踏み込みざま抜刀した。シャッ、という刀身の鞘走る音と同時に閃光《せんこう》が弧を描いた。

次の瞬間、甲高い金属音がひびき、宗次郎の匕首が虚空に撥ね飛んだ。遠間だが、菅井の抜きつけの一刀は、突き出した宗次郎の匕首まではとどいたのである。

アッ、と声を上げ、宗次郎の上半身が反り返った。間髪をいれず、菅井がさらに踏み込み、二の太刀を横に一閃させた。俊敏な体捌《たいさば》きである。

宗次郎の着物が裂け、あらわになった腹部に血の線がはしった。だが、浅手だった。うすく皮肉を裂いただけである。菅井はわざと浅く斬ったのだ。

「茂次のお返しだ」

菅井が刀を脇構えに取りながら言った。次の攻撃に備えた構えである。

宗次郎の顔が蒼ざめ、凍りついたようにつっ立った。恐怖である。

「次は、その首を落とすぞ」

そう言って、菅井が脇構えから斬り込む気配を見せた。

「に、逃げろ！」

宗次郎が反転して駆けだした。

それを見て、玄助たち四人も先を争うようにその場から逃げだした。

「口ほどにもないやつらめ」

菅井は納刀すると、路傍の風呂敷包みを拾い上げ、はぐれ長屋の方へ歩きだした。

去っていく菅井の後ろ姿を、すこし離れた表店の脇の天水桶の陰から見送っているふたりの男がいた。

源九郎を襲った牢人と辰造だった。

「渋沢《しぶさわ》の旦那、どうです、菅井を斬れやすかい」

辰造が低い声で訊いた。

牢人の名は渋沢小十郎《こじゅうろう》。洲崎の狛蔵の用心棒をしている男だった。渋沢は狛蔵に大枚を渡され、源九郎と菅井を始末してくれと頼まれていたのだ。

そして、今日、宗次郎たちが菅井に仕掛けると聞き、菅井の居合の腕を見るために、辰造とふたりで出かけてきたのである。

「いい腕だな」

渋沢は互角であろうと思った。だが、菅井に抜かせてしまえば、斬れるだろうとも見てとった。

「若い連中も、菅井には役にたたねえようだ。なんなら、あっしが手を貸しやすぜ」

辰造が目をひからせて言った。

「そのときは、頼もう」

そう言って、渋沢はきびすを返した。

菅井の背は遠ざかり、ちいさくなっていた。陽が沈み、通り沿いの表店は店仕舞いを始めたらしく、板戸のしまる音が聞こえてきた。

渋沢と辰造は、一ツ目橋を渡って深川へとむかった。

第四章　制　裁

一

　孫六は長屋の路地木戸を出たところで、通りの左右に目をやった。木戸を出た両側にある下駄屋も米屋も、いつものように店をひらいていた。見慣れた町筋はいつもと変わりなく、胡乱《うろん》な人影はどこにもなかった。

　……おれを見張っているやつは、いねえようだ。

　孫六は胸の内でつぶやいて通りへ出た。

　茂次が伊達《だて》若衆《わかしゅう》に襲われた後、今度は菅井が狙われた。若衆たちは、源九郎と菅井が土田屋と相模屋で若衆たちを追い払ったことを根に持ち、茂次と菅井を狙ったようなのだ。その前に、源九郎は胡乱な牢人に襲われていたが、それも若衆たちにかかわっている者の差し金とみることもできる。

そうしたことを考え合わせると、今後孫六と三太郎も狙われる可能性は高かった。幸い、源九郎と菅井は剣の腕がたつので難を逃れたが、孫六には無理である。茂次のように浅手ですめばいいが、孫六の場合は命を奪われるかもしれない。孫六が岡っ引きだったことから、いまでも町方とつながりがあると見られがちだからである。それに、茂次と菅井を襲った若衆たちは、はぐれ長屋に住む源九郎たち五人のことをよく知っているようなのだ。

孫六は竪川沿いの通りへ出ると、一ッ目橋を渡って深川へ出た。伊勢崎町へ行くつもりだった。

伊勢崎町に五六造《ごろぞう》という男がいた。老齢の地まわりで、孫六が番場町で岡っ引きをしていたころからの知り合いである。五六造は子供のころから伊勢崎町に住んでいたこともあって、土地のことは五六造に聞けば分かると言われるほど、伊勢崎町界隈《かいわい》のことはくわしかった。

孫六は、五六造に伊達若衆とかれらの背後にいるであろう黒幕のことを聞いてみようと思ったのだ。

これまで、孫六は竪川沿いに店のある磯六と茂助の親に会い、ふたりの様子や仙吉のことを聞いてみたが、たいして役にはたたなかった。ふたりの親は、意見を聞かずに家を飛び出した伜をぐちるばかりで、どこで何をしているかも知らなかった。もっとも、店の商売を放り出して探し歩くわけにもいかず、親たちも手の打ちようがなかったのだろう。

孫六は磯六と茂助を手繰《たぐ》っても埒《らち》が明かないとみて、別の手で黒幕や仙吉の塒《ねぐら》などをつきとめようとしたのだ。

孫六は御舟蔵《おふなぐら》の脇まで歩くと、それとなく背後を振り返って見た。尾《つ》けている者がいるかどうか確かめたのである。

それらしい人影はなかった。どうやら、孫六を尾けている者はいないようだ。

新大橋のたもとを過ぎ、大川端の道を川下にむかって歩き、仙台堀にかかる上ノ橋のたもとを右手にまがった。仙台堀沿いの道を行けば、伊勢崎町へ出られる。

五六造の家は、仙台堀沿いの道から路地を半町ほど入ったところにある小体《こてい》な古着屋だった。五六造は壮年のころまで地まわりとして顔を利かせていたが、年老いてからは女房とふたりで古着屋をひらき、身を隠すようにして細々と暮らしていた。

店を覗くと、わずかな古着をつるした土間の先に狭い座敷があり、そこに老婆がひとりつくねんと座っていた。五六造の女房である。

孫六はつるしてある古着に目をやった。着られるような物があれば、袖の下の代わりに買うつもりだった。五六造は、老いてから孫六が話を聞いても袖の下をとらなくなった。哀れまれたり、施しを受けたりすることを嫌ったのである。

細縞の単衣《ひとえ》がつるしてあった。すこし、孫六には大きかったが、おみよに仕立て直してもらえば着られそうである。

その単衣を手にして、孫六は座敷にいる老婆の前へ歩みよった。老婆は気付かない。居眠りをしているらしい。

「婆《ばあ》さん、婆さん」

孫六が声をかけた。

「おや、客かね」

老婆は目をあけると、びっくりしたような顔で孫六を見上げた。

「五六造はいるかい」

孫六は手にした単衣を後ろへまわして訊《き》いた。五六造が留守なのに、古着を買うことはないのである。

「なんだい。客じゃァないのかい」

途端に、老婆は無愛想な顔をした。

「五六造はいねえのか」

孫六がさらに訊いた。

「爺《じい》さんは、寝てるよ」

「呼んでくれ。でえじな用があるんだ」

「いま、呼んでくるから、待ってな」

老婆は大儀そうに立ち上がると、腰を伸ばし、座敷の脇の狭い廊下から奥へむかった。

いっとき待つと、五六造が姿を見せた。顔が皺《しわ》だらけで、白髪のちいさな髷《まげ》が頭頂にちょこんと載っていた。腰もだいぶまがっている。一年ほど前に見たときより、だいぶ老けたようである。老婆は奥へ入ったまま姿を見せなかった。店番を五六造にまかせるつもりらしい。

五六造は孫六の顔を見ると、

「番場町の親分じゃァねえか」

そう言って、大口をあけて欠伸《あくび》をした。だいぶ歯が欠けていた。老けたように見えるのは、歯がすくなくなったせいかもしれない。

「こいつをもらいてえが、いくらだい」

孫六は手にした単衣を五六造の前に置いた。

五六造は、いっとき膝先の単衣と孫六の顔を交互に見ていたが、

「二朱でどうだい」

と、口元にうす笑いを浮かべて言った。

一朱でも高い。おそらく、言い値の半分以上は、情報提供代のつもりなのだろう。五六造は、孫六が古着を買いにきたのではないと初めから分かっていたのだ。

「もらうよ」

孫六は巾着《きんちゃく》から二朱取り出して五六造に手渡した。

五六造は、細縞の単衣を膝先にひろげて畳みながら、

「それで、何が訊きてえんだい」

と、先に切り出した。

「ちかごろ、深川界隈で、でけえ顔して歩いている伊達若衆のことを知ってるかい」

「ああ、嫌なやつらだ」

五六造は、単衣を畳む手をとめて顔をしかめた。

「でけえ顔をして歩いてるだけなら、どうってことはねえんだが、ちかごろ大店《おおだな》を強請《ゆす》ってるらしぜ」

「そんな噂を聞いてやすが、親分さんと、どうかかわりがありやす。あっしと同じで、足を洗ったんじゃァねえんですかい」

五六造が訊いた。

「お上の仕事じゃァねえんだ。おれの住む長屋の若いやつが、連中とかかわりがあってな。親の許に帰《けえ》ってこねえんだ。探し出して連れ帰ってやろうと思ってな」

孫六は、仙吉の名までは出さなかった。

「そりゃァ、また面倒なことで」

五六造は、口元にうす笑いを浮かべた。

「ところで、若衆連中の塒を知らねえかい」

どこに、仙吉がもぐり込んでいるのか知りたかったし、そこには伊達若衆を束ねているやつが、いるのではないかと思ったのである。

「塒かどうか知らねえが、相川町に若い連中の出入りしてる小料理屋があると聞いたことがありやすぜ」

五六造が声を低くして言った。

「何てえ、店だい」

「確か、千鳥屋だったな」

「千鳥屋な」

初めて聞く店だった。

「ところで、親分、ひょっとこの辰を知ってやすかい」

五六造が孫六を見つめて訊いた。その目に、刺すようなひかりが宿っている。地まわりとして顔を利かせていたころの、五六造の目である。

「名は聞いたことがあるな」

孫六が岡っ引きをしていたころ、ひょっとこの辰と呼ばれる男のことを耳にしたことがあった。名は辰造。富ヶ岡八幡宮界隈を縄張りにしているやくざ者で、ひょっとこのようなおどけ顔をしているが、やることは冷酷で金になることなら強請り、騙《かた》り、人攫《ひとさら》いなど、盗みと殺し以外の悪事は何でもやると噂されていた。

「千鳥屋は、その辰造の情婦《いろ》がやっている店らしいですぜ」

五六造は孫六に目をむけて言った。

「辰造の情婦の店か」

となると、強請りをしている伊達若衆たちを束ねているのは、辰造かもしれない。

「それだけじゃァねえ。ちかごろ、辰造は洲崎の狛蔵とくっついてるらしいぜ」

五六造が言った。

「洲崎の狛蔵だと！」

孫六は驚いた。大物だった。狛蔵は博奕打《ばくち》ちだが、深川一帯で顔を利かせている大親分である。ただ、あまり表に出ない男で、孫六は顔を見たこともなければ、踇も知らなかった。

「親分、気をつけなよ」

そう言って、五六造は畳み終えた単衣を孫六の膝先に押し出した。これで、知っていることはみんな話したということらしい。

孫六は単衣を小脇に抱えて古着屋を出た。

……とんだ、大物が出てきやがったぜ。

孫六の顔がこわばっていた。洲崎の狛蔵が強請りを働いている伊達若衆の背後にいるとなると、若造だけを相手にしているわけにはいかない。真の敵は狛蔵ということになるだろう。恐ろしい相手である。

孫六は大川端をはぐれ長屋にむかって歩きながら、

……こいつは、命懸けの仕事になりそうだ。

と、胸の内でつぶやいた。

二

「中島町に平野屋《ひらのや》ってえ船宿があるんだが、知ってるかい」

辰造が、利根助や仙吉たちを前にして訊いた。

千鳥屋の奥の座敷である。利根助、嘉次、弥助、磯六、茂助、仙吉の六人にくわえ、ちかごろ千鳥屋に顔を出すようになった松吉《まつきち》と利之助《りのすけ》という若衆がいた。八人が仲間内で博奕をしているところへ、辰造と宗次郎が顔を出したのである。

「へい、店に行ったことはねえが、知っていやす」

利根助が答えた。

「どうだ、おめえたちだけで、やってみねえか」

辰造が利根助に目をむけて訊いた。

「強請りですかい」

利根助が身を乗り出すようにして言った。利根助は乗り気のようだ。利根助は、辰造や宗次郎に一人前に見られたような気がしたのであろう。

「いつもと同じ手だが、利根助に仕切ってもらう」

「やりやす」

利根助が意気込んで言った。

「やってくれるかい」

辰造が利根助たちに目をむけながら言った。

「へい」

「平野屋はちいさな店だが、繁盛してるそうだよ。絞りようによっては、七、八十両は出すかもしれねえぜ。そうなりゃァ、おめえたちにも、二、三十両の駄賃が渡せるぜ」

「二、三十両！」

思わず、利根助が声を上げた。

嘉次や弥助もやる気になっている。利根助たちは、これまで宗次郎や玄助にしたがっていたが、駄賃はせいぜい一、二分といったところだった。千鳥屋以外の飲み食いで、すぐになくなってしまう。狛蔵の賭場へ行っても、まともに博奕にくわわることもできなかったのだ。

松吉と利之助は驚いたように目を剝《む》いていたが、嫌がっているような様子はなかった。

「平野屋には、あるじの繁五郎《しげごろう》、女将《おかみ》と通いの女中がふたり、それに船頭が三人いるだけだ。おめえたちだけでも、やれるぜ」

辰造がそう言うと、それまで黙って聞いていた宗次郎が、

「ま、舐《な》められねえことだ。睨《にら》みがでえじだからな」

そう言って、利根助の肩をたたいた。

「へい、兄イを見習ってやりやす」

利根助が、目をひからせて言った。

「これで、利根助も一人前だな」

そう言って、宗次郎は腰を上げた。店にもどって酒でも飲むつもりなのだろう。

利根助たち八人はその場で相談し、平野屋に行くのは、明日の四ッ（午前十

時）過ぎということにした。暖簾《のれん》を出す直後を狙うことにしたのだ。店に客がいると、騒ぎが大きくなる恐れがあったからである。

その日、利根助たちは千鳥屋で五ツ（午後八時）ごろまで飲んでから店を出た。今夜は利根助の家へもぐり込むつもりだった。

ただ、松吉と利之助は別の塒があるらしく、利根助たちといっしょには来なかった。

利根助たち六人は、黒江町にむかって夜の道を歩いていた。富ヶ岡八幡宮の門前通りは、まだ人通りがあった。料理屋や遊廓などの灯《ひ》が道筋を照らし、嬌声や酔客の哄笑《こうしょう》などにまじって手拍子や三味線の音なども聞こえてくる。

仙吉は華やいだ通りを歩きながら、茂助の横顔に目をやった。千鳥屋で飲んでいるときから、茂助のことが気になっていたのだ。

茂助は、いつもとちがって元気がなかった。言葉数も少なかったし、ときおり困惑したような表情を浮かべて視線を膝先に落としていた。

「茂助、どうかしたのか」

仙吉が茂助に身を寄せて訊いた。

「な、なんでもねえ」

茂助は慌てて首を横に振った。

「体でも悪いのか」

さらに、仙吉が訊いた。

「そんなこたァねえ」

そう言ったが、茂助は肩を落としたままだった。思い悩んでいるような顔をしている。

「話せよ。何か、困ったことでもあるのか」

「なに、てえしたことじゃァねえんだ」

「やっぱり、何かあるんだな」

「平野屋は、まずいんだ」

茂助が小声で言った。

どうやら、茂助が気にしているのは、明日平野屋に乗り込んで強請ることらしい。

「何がまずいんだ」

「店に、おれのことを知ってるやつがいるんだ」

茂助が苦渋に顔をゆがめた。

「だれだい」

そう訊いたが、仙吉の胸の内には、たいしたことではないという思いがあった。いまさら、伊達若衆であることを隠すことはないのだ。端《はな》から、他人に目立つような格好をして歩いているのである。

ただ、茂助にとっては、特別な人なのかもしれない。

「家の近所に富政《とみまさ》ってえ魚屋があるだろう。そこの娘の、おあきさ」

茂助が小声で言った。

茂助によると、富政と平野屋は親戚筋で、おあきは一年ほど前から、平野屋の手伝いに行っているという。宗次郎が平野屋には通いの女中がふたりいると口にしていたが、そのうちのひとりなのだろう。

「おあきちゃんか」

仙吉もおあきのことは知っていた。歳は、茂助のひとつ下で、色白の可愛い娘だった。

茂助がなぜ平野屋を強請ることを嫌がり、それを辰造や宗次郎の前で口にできなかったのか分かった。茂助とおあきは近所で幼馴染みなのだ。それだけなら、それほど嫌がりはしないだろうが、茂助はおあきを好いているにちがいない。そのおあきの目の前で、悪事を働きたくないだろう。

「茂助、平野屋に入ったら、おれの後ろに隠れていろよ」

仙吉が言った。

「どういうことだ」

「平野屋の者から顔を隠してりゃァいい。どうせ、おれたちは、利根助兄イの後ろで、見ているだけだからな」

「そ、そうだな」

「おあきちゃんに、おめえがいたことを知られなけりゃァいいんだろう」

「分かった。そうするよ」

茂助の顔が、いくぶん晴れたようだ。

そうした仙吉と茂助のやり取りは、前を歩いていく利根助たちの耳にはとどかなかった。

三

その日、曇天だった。上空は厚い雲でおおわれている。まだ梅雨入り前だが、いまにも雨が降ってきそうな空模様だった。

利根助たち八人はいったん千鳥屋に集まってから、平野屋のある中島町に足をむけた。利根助の顔はけわしかった。ふところには、匕首《あいくち》を忍ばせているようだ。いつもの強請りとちがって頭格として乗り込むので、緊張しているらしい。

大川端へ出ると、八人は川下にむかって足を速めた。まだ、四ツ（午後十時）には間があったが、気が急《せ》くのであろう。

熊井町を抜けて大島町へ入っていっとき歩くと、利根助は表店《おもてだな》のとぎれた路傍に足をとめた。平野屋は一町ほど先である。

「嘉次、磯六、ふたりで行って、平野屋の様子を見てきてくれ」

利根助が頭格らしい物言いで、ふたりに指示した。

「兄イ、分かったぜ」

嘉次が言い、磯六を連れて、すぐにその場を離れた。嘉次も、いつの間にか利根助を兄イと呼んでいる。

利根助たちが路傍にたたずんでいっとき待つと、嘉次と磯六が小走りでもどってきた。

「どうだ、平野屋の様子は」

利根助が訊いた。

「み、店は、ひらいてやしたぜ」

嘉次が声をつまらせて言った。急いで行き来したため、息が上がったらしい。顔も紅潮している。

「客は」

「いねえようだ。店のなかは静かだったですぜ」

「そいつはいい」

「兄イ、船頭が三人いやしたぜ」

嘉次によると、平野屋の脇にちいさな桟橋があり、そこに舫《もや》ってある猪牙舟《ちょきぶね》で三人の船頭が客を乗せる準備をしていたという。

「船頭がいるのは、端から承知の上よ。なに、三人ぐらい、どうということはねえ。こっちは、八人も雁首をそろえてるんだぜ」

利根助が、そばに集まっている仙吉たち七人に視線をやりながら言った。

「兄イの言う通りだぜ。船頭のやつが、四の五の抜かしたら、おれたちで畳んじまえばいいんだ」

嘉次が昂《たかぶ》った声で言った。目が殺気だって、ギラギラしている。かなり興奮しているようだ。

「よし、行くぜ」

利根助が声を上げた。

平野屋は大川端の通りに面していた。人通りは多くなかったが、風呂敷包みを背負った店者、ぼてふり、子供連れの女房、職人ふうの男などの姿が目についた。

店先に暖簾は出ていたが、まだ客はいないらしくひっそりしていた。戸口の奥で水を使う音が聞こえた。板場で客に出す料理の準備でもしているらしい。

利根助が、暖簾を手で撥《は》ねて店に入った。つづいて、嘉次と弥助、さらに磯六たちがつづいた。茂助はしんがりについた。その前には、仙吉の姿がある。

土間の先が狭い板敷きの間で、その先が帳場になっていた。右手に二階に上がる階段があり、左手は板場である。

板場で女中らしき女がふたり、片襷《かただすき》をして洗い物をしていた。大年増《おおどしま》と若い娘である。若い娘が、おあきだった。

「おい、あるじはいるか」

土間に立って、利根助が声をかけた。

板場にいたふたりの女は、その声で洗い物をしていた手をとめて振り返った。

大年増が濡れた手を前だれで拭きながら近寄ってきた。

「いらっしゃい」

おあきは、流し場の前で振り返ったまま凝《じっ》としている。いきなり入ってきた大勢の若衆を見て、客ではないと察したようだ。顔が蒼ざめている。怯《おび》えているようだ。

茂助は流し場で洗い物をしているふたりの女の背を目にしたときから、仙吉の陰にまわって顔を隠していた。

「あるじの繁五郎を呼べ」

利根助が、恫喝《どうかつ》するような声で言った。顔が紅潮し、目がつり上がっている。

「すぐに、呼んできます」

大年増は、意外にしっかりした声で言った。名はおのぶという。ふたりの男子の母親だったので、伊達若衆の集団を見ても、恐ろしいとは思わなかったのかもしれない。

いっときすると、帳場の奥から四十がらみの男と、色白で太り肉《じし》の女が姿を見せた。男はあるじであろうか。黒羽織に角帯姿だった。女は、おのぶではなかった。女将らしい。すでにおのぶから事情を聞いているらしく、ふたりの顔はこわばっていた。

このとき、おのぶは店の裏口から出て、土手沿いを桟橋にむかって走っていた。桟橋にいる船頭に知らせるためである。

「あ、あるじの繁五郎で、ございます」

繁五郎は腰をかがめながら利根助のそばに来た。女将は帳場の隅に座ってしまい、利根助たちに怯えたような目をむけていた。

一方、流し場にいたおあきは逃げるに逃げられず、蒼ざめた顔をして身を顫《ふる》わせていた。

「あるじ、おめえに話がある」

利根助が繁五郎を見すえながら言った。

「な、なんでございましょう」

繁五郎の声は震えを帯びていた。恐怖と興奮のためらしい。

「おれの親父《おやじ》がな。三月ほど前にこの店に来て、鯛の刺身を食ったのよ。その鯛が古かったんだな。翌朝から腹が痛くなってな。いまだに、仕事にかかれねえ」

利根助が、どすの利いた声で言った。すでに、強請りの口実は考えていたのである。

「そ、そのようなことは……」

ない、というふうに繁五郎は強く首を横に振った。

「やい、繁五郎、おれがでたらめを言ってるとでも、思ってるのか」

「嘘とはもうしませんが、何かの思いちがいでは……」

繁五郎はこわばった顔をしていたが、はっきりと言った。

「思いちがいじゃァねえ。この店のお蔭でな、仕事はできねえ、薬代はかさむでな、家族で首でもくくろうかって話してるのよ」

「そ、そんな」

繁五郎は、また強く首を横に振った。

「繁五郎、おれたちの手で店をぶち壊されてえか、それともいくらかでも薬代を払って、このまま帰すか。いますぐ、どちらかに決めろ！」

利根助が怒鳴りつけるように言った。

「薬代ともうしますと」

繁五郎が訊いた。

「三両」

利根助が、繁五郎の前に手の指を三本立てて突き出した。いつもと同じ金額である。

「三両でございますか」

繁五郎の顔に拍子抜けしたような表情が浮いた。思ったより、金額がすくなかったからであろう。

「少々、お待ちを」

そう言って、繁五郎が立ち上がろうとしたときだった。

戸口に走り寄る複数の足音がし、すぐに男たちが戸口に飛び込んできた。そして、赤銅色に日焼けした大柄な男が
「旦那、若造に金を渡しちゃァいけねえ！」

と、声を上げた。

その大柄な男の後ろに、いかめしい顔をした四人の男が立っていた。

四

都合、五人。船頭たちである。いずれもがっしりした体軀《たいく》の男たちで、手に手に竹棒や天秤棒などを持っていた。桟橋にいた三人の船頭はおのぶから話を聞くと、近くにいた別のふたりの船頭に声をかけ、五人で駆けつけたのだ。

「な、なんだ、てめえたちは！」

利根助が威嚇《いかく》するように怒鳴ったが、迫力がなかった。五人の男の身辺にあった殺気だった雰囲気に気圧《けお》されたのである。

その場にいた嘉次や磯六たちも、思わぬ闖入者《ちんにゅうしゃ》たちに戸惑い、狼狽したように視線を揺らしていた。

「おめえたちが、増森屋で何をしようとしたか知ってるぜ。あらぬ言いがかりをつけて、大枚を脅し取ろうという魂胆よ」

大柄な男が声を上げ、手にした天秤棒を振り上げた。

「ち、ちくしょう！　てめえら、生かしちゃァおかねえ」

利根助が甲走った声を上げ、ふところから匕首を抜いた。逆上したように目がつり上がっている。

それにつられたように、嘉次と弥助が匕首を手にし、磯六たち五人は袖をたくし上げて、握り拳をつくった。

「刃物を持ってやがる！」

五人の男は利根助たちの匕首を目にし、間を取ろうとした。刃物を持っているとは思わなかったのだろう。慌てて三人が後じさり、ふたりが流し場の方へまわり込んだ。

それを見た嘉次と弥助が、咄嗟《とっさ》に流し場の方に動いた。そのとき、嘉次が流し場につっ立っていたおあきの肩先につき当たった。

キャッ！　という悲鳴を上げ、おあきが外へ飛び出そうとした。だが、隅にあった漬物樽に足をとられて、嘉次の足元に倒れ込んだ。

おあきは喉の裂けるような悲鳴を上げて、嘉次のそばから這って逃れようとした。

「うるせえ！　この、女《あま》」

嘉次がひき攣《つ》ったような声を上げて、おあきを足蹴にした。

「た、助けて！」

おあきが、土間を這いながら悲痛な声で助けを求めた。おあきの色白の顔が血まみれだった。顔を蹴られて、鼻血が出たらしい。

「おい、娘から離れろ！」

大柄な男が怒りの声を上げた。

「てめえたちこそ、うせろ！」

そう叫ぶと、嘉次はおあきの襟元をつかんで引き寄せ、手にした匕首をおあきの首筋に突き付けた。

「やい、とっとと、ここから出ていけ！　おれたちに逆らうと、こいつの命はねえぞ」

嘉次が叫んだ。

おあきの首筋に、かすかな血の色が見えた。激しい興奮で、嘉次の匕首を持った手が震えていた。その震えで、おあきの首筋に当てられた匕首の切っ先が、皮膚を浅く裂いたのだ。おあきは悲鳴も上げられず、恐怖に目を剝き、瘧慄《おこりぶる》いのように激しく身を顫わせている。

土間にいる船頭たちも手が出せず、竹棒や天秤棒を手にして身構えたまま息を呑んでいる。

茂助はこの様子を、仙吉の陰に隠れるようにして見ていたが、おあきの首筋に血の色が浮いたのを目にすると、

……おあきが、殺される！

と思い、頭のなかが真っ白になった。

いきなり、茂助が仙吉の陰から飛び出した。自分の立場も忘れ、おあきを助けたいという思いだけが、茂助を衝き動かしたのだ。

茂助は嘉次に突進し、

「やめろ！」

と叫びざま、自分の肩を嘉次の肩にぶち当てた。

ふいを食った嘉次は匕首を手にしたまま横にふっ飛び、漬物樽にぶち当たって転倒した。おあきは突進してきた茂助を目にし、驚いたような顔をしたが、その場につっ伏して顫えていた。

これを見た大柄な男が、

「いまだ！　やっちまえ」

と、声を上げ、手にした天秤棒で利根助に殴りかかった。

つづいて、他の四人の男も竹棒や天秤棒で、磯六や仙吉たちに襲いかかった。

形勢は一気に逆転した。利根助たちは匕首で応戦することもできず、悲鳴を上げて狭い土間や流し場を逃げまわるだけになった。

仙吉も、殴りかかってきた男の竹棒から必死で逃れた。

「逃げろ！」

利根助が頭を両手でかばいながら、土間から飛び出した。

つづいて、磯六と弥助が逃げ出し、最後にやっとのことで、仙吉と茂助が戸口から出てきた。

船頭たちは、通りに逃れた利根助たち八人を追ってはこなかった。強請りにきた若衆たちを店から追い出せばよかったのだろう。

八人は何とか逃れられたが、いずれもひどい姿だった。恐怖と興奮で目をつり上げ、肩で息している。鼻血まみれの顔、瞼が青膨れている顔、青痣《あおあざ》やみみず腫《ば》れになっている顔……。派手な柄の着物の肩先が破れ、袖は取れ、胸がはだけている。元結が切れてざんばら髪になった者もいる。

せっかくの伊達者ふうの格好が、悪餓鬼《わるがき》に苛《いじ》められた子供のような惨めな姿に変わっていた。

五

「なんてえ、ざまだ！」

辰造が憤怒に顔をゆがめた。

「し、茂助のお蔭なんでさァ」

利根助が、声を震わせて言った。鼻のあたりを竹棒で殴られたらしく、頬から鼻にかけて青く腫れ上がっていた。元結が切れ、ざんばら髪である。

千鳥屋の奥座敷だった。利根助たち八人は平野屋から、千鳥屋に逃げもどったのである。

千鳥屋には辰造、宗次郎、玄助の三人がいた。辰造が八人の惨めな姿を見ると、苦々しい顔をし、

「話を聞くから、こっちへ来い」

と言って、八人を奥の座敷へ連れてきたのだ。

茂助は血の気の失《う》せた顔で、顫えていた。身を硬くして、うなだれている。

「どういうことだ！」

辰造が怒鳴った。その顔に、ひょっとこを思わせる剽《ひょう》げた表情など微塵《みじん》もなかった。双眸《そうぼう》が怒りに燃え、口元がゆがんでいる。ひょっとこどころか、悪鬼を思わせる凄絶な面貌《おもて》である。

「こ、こいつが、いきなり、おれを突き飛ばしたんでさァ」

嘉次が声をつまらせて言った。目の上が、青く腫れ上がっている。倒れた拍子に何かにぶっつけたのであろう。

「茂助、そうか」

辰造が茂助に目をむけた。

茂助が消え入りそうな声で言った。

「おめえ、その娘を助けたのか」

辰造が、茂助を見すえて訊いた。

「へい、近所の娘で、顔見知りだったもんで……」

茂助が顔を上げて、辰造を見た。その口元に、照れたような笑いが浮いたが、すぐに恐怖の顔にもどった。

「馬鹿野郎！」

いきなり、辰造が力任せに茂助の頰を張り飛ばした。

一瞬、茂助の顔が撥ね飛び、ねじれたように横を向いた。茂助はそのまま横倒しになり、顔を畳に擦り付けるような格好で俯せになった。そして、ヒイイッという泣き声とも悲鳴ともつかぬ声を洩《も》らした。

「ほら、しっかりしねえか」

脇にいた大柄な玄助が、茂助の両肩をつかんで身を起こさせた。

茂助は恐怖に顔をゆがめ、激しく身を顫わせていた。張られた頰に、暗紫色の手の痕《あと》がついている。

「てめえ、餓鬼の遊びじゃァねえんだぞ。何が近所の娘だ。てめえのお蔭で、仲間はこのざまだ。いい笑い者だぜ」

辰造の声が、怒りに震えていた。茂助の頰を張ったぐらいでは、激怒が収まらないらしい。

そのとき、辰造の脇にいた宗次郎が、

「てめえは、おれたちの顔にも泥を塗ったんだぜ」

と、言った。宗次郎の顔も怒りに染まっている。

「おめえたちふたりで、仲間を売るような真似をしたらどうなるか、他のやつらにも見せてやれ」

辰造が、宗次郎と玄助に指示した。

「承知しやした」

そう言って、宗次郎が両袖をたくし上げた。双眸が酷薄そうなひかりを帯びている。

「心張り棒を持ってくらァ」

玄助がすぐに座敷を離れ、戸口にあった心張り棒を手にしてもどってきた。その棒で、茂助を殴るつもりらしい。

「か、勘弁してくれ！」

茂助が座敷の隅にうずくまったまま泣き声を上げた。

「勘弁できねえな」

玄助が三尺ほどの心張り棒を振り上げ、茂助の肩口にたたきつけた。

ギャッ！　と叫び、茂助は身を反らせたが、すぐに背を丸めてうずくまった。

「いいか、金輪際、おれたちに逆らうんじゃァねえ。てめえたちは、手下《てか》だってことを忘れるんじゃァねえぜ」

叫びざま、宗次郎が茂助の脇腹を蹴り上げた。

ビクン、と茂助の上体が撥ね上がり、喉のつまったような呻《うめ》き声が洩れた。

そのとき、仙吉は、

……宗次郎兄イは、おれたちに言ったんだ。

と、察した。茂助への制裁は、辰造や宗次郎に逆らえば、こうなるとの見せしめなのだ。

宗次郎と玄助の打擲《ちょうちゃく》が始まった。

ふたりが、心張り棒でたたいたり足蹴にしたりする度に、狭い座敷に骨肉を打つにぶい音がひびき、茂助の悲鳴と呻き声が上がった。

宗次郎と玄助は執拗《しつよう》に茂助を痛めつづけた。

茂助は両腕を頭にまわしてつっ伏したまま、助けて、助けて……、と訴えていたが、そのうち声は聞こえなくなり、骨肉を打つ音と細い悲鳴と低い呻き声が聞こえるだけになった。

仙吉は蒼ざめた顔で凍りついたようにつっ立ち、過酷な制裁を見ていた。

……茂助が死んじまう。

そう思ったが、仙吉は身動きできなかった。

恐怖である。背筋が凍りつくような恐怖だった。仙吉が、やめてくれ、と一言でも口にしようものなら、今度は自分が茂助と同じ目に遭《あ》うのである。

仙吉は、目の前でくりひろげられている残忍な光景を見ていることしかできなかった。

小半刻(三十分)ほど激しい打擲がつづくと、茂助の悲鳴や呻き声はほとんど聞こえなくなった。

「待ちな」

辰造が、宗次郎と玄助をとめた。

そして、つっ伏した茂助の顔を横から覗き込み、

「どうだい、茂助」

と、声をかけた。

「……か、勘弁してくれ」

茂助の絞り出すような声がかすかに聞こえた。

「勘弁してやってもいいがな。このままというわけにはいかねえ。おめえに、やってもらいてえことがある」

「な、なんでも、やりやす」

茂助が、切れ切れの声で言った。

「それじゃァ、おめえたちに逆らった船頭をひとり殺せ」

辰造が、どすの利いた声で言った。

茂助はつっ伏したまま身を顫わせているだけで答えなかった。いや、答えられなかったのだろう。

「茂助、それで、おめえも男になれるんだ。いいな」

そう言って、辰造がにやりと嗤《わら》った。

辰造と茂助のやり取りに目をむけていた仙吉は、恐ろしさに身震いした。茂助にとっては、死ね、と言われたのと同じである。うまく船頭をひとり殺せたとしても、人殺しとして一生町方に追われる身になるだろう。茂助が町方の探索をかいくぐって、逃げられるはずがないのだ。

……これが、辰造や宗次郎のほんとの姿だ。

と、仙吉は思った。

陽気で剽げた顔は、仮面である。仮面の下に、残忍で陰湿な悪鬼のような本性を隠していたのだ。

物分かりがよく、面倒見のいい兄貴などではない。酒やめしをただで飲食させ、博奕で遊ばせてくれていたのは、金を強請り取るための手下をてなずけるためである。

チラッ、と利根助や磯六に目をやった。

利根助は蒼ざめた顔でつっ立っていたが、双眸には残忍なひかりが宿っていた。茂助にくわえられた過酷な懲罰を見て、嗜虐《しぎやく》的な興奮を覚えたのかもしれない。

一方、磯六は蒼ざめた顔で身を顫わせていた。その目には恐怖の色があった。仙吉と同じように、辰造や宗次郎の正体を垣間見たからであろう。ただ、磯六は弟分である茂助が残酷な仕打ちを受けているのを見ても、何も言わなかった。いや、仙吉と同じように恐ろしくて言えなかったのである。

「おめえたちも、このままというわけにはいかねえぜ」

辰造が、立っている利根助たち七人を見まわして言った。

「もう一度、やりなおすんだ。なに、金の絞り取れる大店はいくらでもある」

辰造の高圧的な声に、

……辰造たちから、逃れられねえ。

と、仙吉は思った。

六

「旦那、いやすかい」

腰高障子のむこうで、茂次の声がした。

「茂次か、入れ」

源九郎は朝めしを食い終えたところだった。朝めしと言っても、小半刻（三十分）ほど前、お熊が、どうせ、めしなど炊かないのだろう、と言って握りめしを持ってきてくれたのを、朝めしがわりに食ったのである。

カラリ、と障子があいて、茂次と三太郎が入ってきた。何かあったらしく、顔がこわばっている。

「どうした」

源九郎が訊いた。

「旦那、佐賀町の桟橋で、若え男《わけ》の死骸《おろく》が揚がりやしたぜ」

茂次が小声で言った。

「それで」

大川で死体が揚がることなどめずらしいことではなかった。いちいち報告に来るようなことではない。

「若衆らしい格好でしてね。それが、茂助らしいんでさァ」

「茂助というと」

咄嗟に、源九郎は茂助のことを思い出せなかった。

「竪川沿いにある八百屋の倅でしてね。仙吉といっしょに、家を飛び出したやつでさァ」

「そうだったな」

源九郎は思い出した。お熊から茂助の名を聞いていたのだ。

「茂助の体が、嬲《なぶ》り者にでも遭ったみてえに、ぼろぼろだそうですぜ」

「仲間内で喧嘩でもしたのかな」

そのとき、茂次の脇に立っていた三太郎が、

「それが、身投げのようですよ」

と、口をはさんだ。

三太郎によると、引き上げられた死体の袂に小石がつめてあり、上流の新大橋近くの桟橋に茂助の物と思われる草履《ぞうり》が脱いであったという。

「三太郎、くわしいな」

「へえ、死骸を覗いてきましたんで……」

三太郎によると、今朝、砂絵描きの見世物に富ケ岡八幡宮の境内へ行こうとして大川端を歩いているとき、通りすがりのぼてふりから佐賀町の桟橋で死体が揚がったことを耳にし、行ってみたという。

「死体は茂助ひとりか」

源九郎は仙吉のことが気になった。

「ひとりです」

「そうか」

源九郎はほっとした。仙吉が死ぬようなことにでもなれば、おとせやお熊に顔

向けできないのだ。

「旦那、これから行ってみやすかい」

茂次が身を乗り出して訊いた。

「茂次、傷の具合はどうなのだ」

源九郎は茂次の胸元に目をやった。茂次が腹を負傷して十日ほど経っていたが、まだ腹に晒《さらし》を巻いているようである。

「晒は、腹が冷えねえように巻いてるだけでさァ。傷の方は、このとおり……」

茂次が照れたような顔をして腹を撫《な》でた。腹の傷はだいぶ癒えているようである。

「行ってみるか」

源九郎も、茂助がなぜ身投げしたのか知りたかった。それに、傘張りの仕事をする気にもなれず、とりあえずやる事がなかったのである。

外へ出ると、初夏の陽射しが照りつけていた。四ッ（午前十時）ごろであろうか。長屋はひっそりしていた。いまが一番静かなときなのかもしれない。亭主たちが仕事に出かけ、女房連中は朝めしの片付けを終えて、一休みしているころである。

源九郎たち三人は、竪川沿いの通りから一ッ目橋を渡って、大川端へ出た。川沿いの道をいっとき歩くと、前方に新大橋が見えてきた。陽気がいいせいもあるのか、大勢の人が橋を行き来している。

源九郎たちは橋のたもとを過ぎ、さらに小名木川にかかる万年橋を渡った。

「旦那、平野屋の噂を聞いてやすかい」

歩きながら、茂次が言った。

「平野屋というと」

「中島町の船宿でさァ」

「平野屋で何かあったのか」

源九郎は平野屋の名は知っていたが、特別な噂は耳にしていなかった。

「四、五日前に、伊達若衆たちが押しかけて強請ったらしいんでさァ。ところが、店のちかくにいた四、五人の船頭に追い返されちまった。意気地のねえ、やつらじゃァねえですかい」

茂次が揶揄《やゆ》するように言った。

「そんなことがあったのか」

源九郎は、いままでの若衆たちの強請りとはちがうような気がした。いままで話に聞いていた伊達若衆たちのやり方は、狡猾《こうかつ》で執拗《しつよう》だった。船頭に追い返されるようなへまはしないはずなのだ。

「いい気になってるが、やつら、まだ餓鬼なんでさァ」

茂次がうす笑いを浮かべて言った。

そんな話をしながら歩いているうちに、佐賀町に入った。前方に永代橋が迫ってきていた。その先には江戸湊の海原がひろがり、大型廻船の白い帆が、空と海の青一色のなかにくっきりと浮き上がったように見えていた。

「旦那、あそこですぜ」

三太郎が前方を指差した。

見ると、岸辺から川面にのびた桟橋の上に人だかりがしていた。近所の住人らしい男や船頭たちに混じって、岡っ引きや八丁堀同心の姿もあった。同心は南町奉行所定廻り同心の村上彦四郎《むらかみひこしろう》である。

源九郎は村上と面識があった。はぐれ長屋の者たちがかかわった事件で、岡っ引きの栄造をとおして村上の手を借りたことがあったのだ。

茂助の死体は村上の足元にあるらしかったが、人垣で見ることはできなかった。

源九郎たち三人は通りから桟橋に下りると、茂次が先に立ち、

「すまねえ、通してくれ」

そう言って、野次馬たちの間を先に進んだ。

七

源九郎たちは村上の脇から近寄り、岡っ引きらしい男の肩越しに桟橋の上に横たわっている死体を覗いた。

茂助の死体は、村上の足元に仰臥《ぎょうが》していた。弁慶格子の派手な柄の単衣が、はだけて胸や腹があらわになっていた。元結が切れたざんばら髪が濡れて、首筋や胸元に張り付いている。

目を背けたくなるような凄惨な姿だった。顔やあらわになった胸元が傷と痣だらけである。川に流されてついた傷ではなかった。細長い棒状の物で、激しく打擲されたものである。折檻《せっかん》でもされたのだろうか。

ただ、体の打擲が致命傷とは思えなかった。激しい出血をともなうような深い傷はなかったし、茂助の腹は大きく膨らみ、溺死の様相を呈していたのだ。それに、三太郎が口にしていたとおり、両袂に小石のような物が入れてあった。体中

の傷は多いが、殺されたのではなく茂助の自殺とみていいのではあるまいか。体の傷は喧嘩でもしたか、仲間内で制裁を受けたかであろう。

そのとき、お願いです、通してください、という女の切羽詰まったような声が聞こえ、人垣がざわついた。

見ると、色白の娘が桟橋に集まった野次馬たちの間を搔《か》き分けるようにして、死体に近付いてくる。茂助の身内であろうか、娘のこわばった顔に、必死さがあった。

人垣を分けて死体のそばまで来た娘は、死顔を見て息を呑み、その場に凍りついたようにつっ立った。

村上をはじめ岡っ引きたちの目が、いっせいに娘にむけられた。

「茂助さん！」

娘は悲痛の叫び声を上げると、仰臥している死体のそばに膝を下り、両手で顔をおおって泣きだした。

その場に居合わせた男たちは、無言のまま娘の背に目をむけていた。野次馬たちの私語もやみ、娘の嗚咽《おえつ》と桟橋の杭を打つ水音だけが聞こえている。

いっときして、娘の嗚咽が収まり、しゃくり上げる声だけになると、村上が娘

のそばに歩を寄せて、

「娘、なんという名だ」

と、小声で訊いた。

「お、おあきです」

娘がしゃくり上げながら答えた。

「茂助とかかわりがあるのか」

村上は死体の名を口にした。すでに、名を知っているようだ。

「近所に、住んでいます。そ、それに……」

おあきは顔から手を離して言った。

「それに、何だ」

「茂助さん、あたしを助けてくれたんです」

おあきが声を強くして言った。

「助けてくれただと。どこで、助けたのだ」

さらに、村上が訊いた。

「み、店に、若衆たちが押し入ってきたとき、あたしを……」

そこまで話すと、おあきはまた両手で顔をおおってしゃくり上げ始めた。

村上が苦虫を嚙み潰したような顔で、おあきが泣きやむのを待っていると、

「そのことは、あっしから」

と言って、初老の岡っ引きが村上の脇に身を寄せた。

源九郎はその男を知っていた。深川の仙台堀沿いの今川町や伊勢崎町などを縄張りにしている泉吉《せんきち》という男である。

泉吉と村上の話が切れ切れに聞こえてきた。ふたりの話をつなげると、平野屋に押しかけて強請ろうとした若衆に船頭たちがたちむかい、あわや喧嘩が始まるというとき、若衆のひとりがおあきを人質に取って、匕首の切っ先を突き付けたという。

そのとき、茂助が猛然と飛び込んできて、匕首を手にしていた若衆を肩で撥ね飛ばし、おあきを助けたそうである。

泉吉と村上の話は小声で、よく聞き取れなかったが、源九郎は茂次から平野屋での経緯を聞いていたので、泉吉が村上に話したことが分かったのである。

「すると、茂助は平野屋に押しかけた強請り一味のひとりかい」

村上が声をあらためて訊いた。

「そのようで」

岡っ引きがうなずいた。

「そういうことなら、こいつの体の傷は仲間の連中に折檻されたのかもしれねえなァ」

「あっしも、そう思いやす」

「ま、いずれにしろ、平野屋に因縁をつけてきた若衆たちに当たってみることだな」

村上はそう言うと、桟橋にいた岡っ引きたちを集め、茂助や仲間の若衆たちの身辺を洗うよう指示した。

岡っ引きたちが桟橋を離れていっときすると、源九郎たちもその場を離れた。

桟橋の上で、茂助の無残な死顔を見ていても仕方がなかったのである。

「旦那、どうしやす」

通りに出たところで、茂次が訊いた。

「そばでも食わぬか」

すでに、八ツ（午後二時）を過ぎていた。朝めしがわりに、握りめしをふたつ食べただけなので、源九郎は腹がすいていた。

「ありがてえ、あっしも腹がへってたんで」

茂次が言うと、三太郎も、おれも、腹の皮が背中にくっつきそうだ、と言って、嬉しそうな顔をした。

三人は、大川端沿いにそば屋を見つけると、追い込みの座敷の隅に腰を落ち着けて、そばと酒を一本だけ頼んだ。酒は茂次の傷に障るし、源九郎には腹拵えをしてからやることがあったのだ。

とどいた酒で喉をうるおし、そばをたぐり終えたとき、源九郎が、

「平野屋へ行ってみよう」

と、言いだした。

「旦那、強請りにきた若衆たちを探るんですかい」

茂次が目をひからせて訊いた。

「まァ、そうだが、おあきに訊いてみたいこともあってな」

おあきは、茂助の近所に住んでいると口にした。となると、茂助といっしょに姿を消した仙吉や磯六の顔も知っているだろう。源九郎は、平野屋に因縁をつけてきた若衆たちのなかに、仙吉がいなかったかどうか知りたかったのである。

八

陽は日本橋の家並のむこうに沈みかけていた。風のない静かな日暮れ時である。

西陽を反射《はね》た大川の川面が、鴇色《ときいろ》にかがやいていた。そのまばゆいひかりのなかを猪牙舟《ちょきぶね》や屋根船などがゆったりと行き来している。

源九郎たち三人は、佐賀町から相川町、熊井町と歩き、中島町へ入った。

「旦那、あれが平野屋で」

歩きながら、茂次が前方を指差した。

半町ほど先の大川端に、二階建ての船宿らしい店が見えた。店の脇にちいさな桟橋があり、三艘の猪牙舟が舫《もや》ってある。その舟で、黒の半纏《はんてん》に股引姿の船頭が船底に茣蓙《ござ》を敷いていた。客を乗せる準備をしているらしい。

源九郎は桟橋の前まで来ると、船頭に声をかけた。

「平野屋さんの舟かね」

「へい」

男は顔を上げて、源九郎たちを見た。

「つかぬことを訊くが、おあきさんは店にもどったかな。わしは、おあきさんの近所に住む者でな、言伝《ことづて》があって立ち寄ったのだ」

源九郎が、平野屋に足を運んだのは、おあきに訊きたいことがあったからである。そのおあきが、桟橋から店にもどっていなければ、どこかでもうすこし時間をつぶさねばならない。

「小半刻（三十分）ほど前《めえ》に、帰《けえ》ってきやしたよ」

そう言うと、船頭はまた莨蓙を敷き始めた。

源九郎たち三人は、平野屋の暖簾をくぐった。土間に立つと、正面が帳場になっていた。長火鉢の前で、四十がらみの男が茶を飲んでいた。あるじの繁五郎である。

土間の左手が板場で、おのぶが洗い物をしていた。おあきの姿はなかった。

「いらっしゃいまし」

繁五郎が立ち上がり、揉《も》み手をしながら近付いてきた。源九郎たち三人を客と思ったらしい。

「わしはおあきさんの近所に住む者でな、名は華町源九郎」

「華町さまで」

繁五郎が怪訝《けげん》な顔をした。客ではないと分かったらしい。

「さきほど、水死人が揚がった桟橋で、おあきさんの姿を見かけてな。ちと、おあきさんに訊きたいことがあって立ち寄ったのだが、おあきさんを呼んでもらえんかな」

源九郎はそう言うと、手間を取らせてすまぬ、と言って、財布を取り出し、一朱銀を繁五郎の手に握らせた。ふところが暖かかったので、袖の下を使ったのである。

「これは、ご丁寧《ていねい》に。少々、お待ちを」

繁五郎はそう言い残して二階へ上がり、おあきを連れてもどってきた。

おあきは赤い片襷をかけて、盆を手にしていた。二階で宴席の準備でもしていたのかもしれない。

おあきの色白の顔を悲痛の翳《かげ》がおおっていた。目が赤くなり、泣いた痕が残っていた。

「伝兵衛長屋の華町だが、わしのことを知っているかな」

源九郎は、繁五郎がその場を離れてからおあきに訊いた。

「はい」

おあきはちいさくうなずいた。

源九郎の脇にいた茂次と三太郎も名乗った。おあきはふたりのことも知っているらしく、おあきです、と小声で名乗って、ちいさく頭を下げた。

「おあきさんも聞いていると思うが、わしらは、佐賀町の土田屋や相模屋に頼まれて、伊達若衆と談判したことがあるのだ。そんなこともあって、茂助がこの店に何しに来たかも知っている」

「……」

おあきは、肩をすぼめてうなだれた。

「ただ、茂助は悪い男ではない。だからこそ、己の命を賭けて、おあきさんを助けたのだ。ちがうかな」

茂助はおあきを好いていたのだろう。おあきも、茂助を思っていたにちがいない。おあきが茂助の死体に取りすがって泣いたのは、思いを寄せていた男だったからであろう。

「し、茂助さんは、子供のころから優しい男《ひと》でした」

おあきは顔を上げ、声を震わせて言った。目にいっぱい涙が溜まっている。

「茂助は身投げしたのかもしれぬ。だが、あの体の傷を見れば分かるとおり、何者かに折檻され、死ぬしかないほど追いつめられていたことは、まちがいないようだ」

おあきを助けたことで、仲間から打擲されたのだろう、と源九郎は思った。

「このままでは茂助も浮かばれまい。そこでな、茂助をあのような目に遭わせた者たちに、罪を償わせてやりたいのだ」

源九郎がそう言うと、おあきは顔を上げ、

「し、茂助さんは、わたしのために殺されたのかもしれない……」

そう言って眉宇《びう》を寄せると、目からはらはらと涙が流れ落ちた。

「この店に押しかけてきた若衆は何人かな」

源九郎が訊いた。

「八人です」

「伝兵衛長屋の仙吉はいなかったかな」

おあきから特に訊きたかったのは、仙吉のことである。

「いました」

「やはりいたか」

源九郎の顔がけわしくなった。仙吉は、伊達者ふうの格好をして盛り場を闊歩《かっぽ》しているだけでなく、伊達若衆の仲間のひとりとして、商家の強請りにも手を染めるようになったようだ。こうなると、仙吉の隠れ家を見つけて、長屋に連れもどすのも容易ではない。その前に、仲間とのかかわりを断たねばならないだろう。

「他に、おあきさんが知っている者はいたかな」

源九郎は顔の表情を消して訊いた。

「米屋の磯六さんもいました」

「磯六もいたか」

おそらく、磯六、茂助、仙吉の三人は強請りをする伊達若衆の仲間にくわわり、平野屋に押しかけたのだ。

それから、源九郎はおあきに伊達若衆が押しかけたときの様子を聞き、

「わしらが、茂助の敵はとってやる。おあきさんは、茂助のためにも、気を落とさずに仕事に励むことだ」

そう言い置いて、平野屋を出た。

通りへ出ると、西の空に血を流したような残照がひろがっていた。日没が迫ったせいか、町行く人々もせわしそうに行き来している。

「旦那、早く手を打たねえと、仙吉も茂助の二の舞いですぜ」

茂次がけわしい顔で言った。

源九郎も早く手を打たねば、仙吉は助けられないと思った。仲間うちの確執もあるだろうが、それより町方の動きが気になった。強請り一味として捕縛されれば、敲《たたき》や江戸払ぐらいでは済まないだろう。平野屋での強請りは失敗したようだが、さらに犯行を重ねれば死罪になるかもしれない。

「何とか、仙吉を助けたいな」

源九郎が重いひびきのある声で言った。

第五章　母子《おやこ》

一

「若衆たちの塒《ねぐら》は、分かってるぜ」

孫六が目をひからせて言った。

「とっつァん、どこだい」

茂次が身を乗り出すようにして訊《き》いた。

松坂町の亀楽の飯台を前にして、五人の男が集まっていた。源九郎、菅井、孫六、茂次、三太郎のいつもの五人である。

店内に、他の客の姿はなかった。源九郎が、あるじの元造に頼んで貸し切りにしてもらったのである。元造とお峰は、五人の前に一通り酒と肴《さかな》を運ぶと、後は板場にひっ込んで姿を見せなかった。

「相川町に、千鳥屋ってえ小料理屋がある。そこが、若衆たちの巣よ」

孫六は、伊勢崎町の五六造から話を聞いた後、千鳥屋の近所で聞き込み、若衆たちが出入りしていることを確かめていたのだ。

「仙吉もそこか」

源九郎が訊いた。

「いや、千鳥屋に寝泊まりしているふうはねえ。仙吉と磯六は、どこか仲間の家にもぐり込んでるようですぜ」

孫六も、仙吉の塒まではつきとめていなかった。

「千鳥屋のあるじは、何者なのだ」

源九郎は、店のあるじが若衆たちを束ねているのではないかと思った。

「ひょっとこの辰」

孫六が声を低くして言った。双眸《そうぼう》が、腕利きの岡っ引きらしいするどいひかりを宿している。

「妙な名だな」

「名は辰造。こいつが、なかなかの悪党でしてね。若衆たちをてなずけ、大店《おおだな》を強請《ゆす》らせて金をせしめてるようなんでさァ」

「そういうことなら、辰造を始末して仙吉を長屋に連れもどせば、いいんじゃァねえのかい」

茂次が言った。

「ところが、まだ裏があってな。一筋縄じゃァいかねえのよ」

孫六は茂次に顔をむけて言った。

「裏とは、なんだ」

脇から、菅井が渋い顔をして訊いた。

「辰造の裏に、洲崎の狛蔵ってえ大親分がひかえていやしてね。狛蔵は滅多に姿を見せねえが、こいつが黒幕らしいんでさァ」

孫六によると、狛蔵は金になることなら、何でもやる男だという。賭場をひらき、辰造のような男を使って金を強請り、揚げ句の果ては金ずくで殺しまでやる。ところが、悪事の多くは手下《てか》にやらせ、狛蔵は陰に隠れて姿を見せないので、町方の探索の手からいつも逃れてきたという。

「わしを狙った牢人だが、狛蔵の手の者ではないかな」

源九郎は、ひそかに殺しを稼業にしているような男ではないかと思った。

「きっと、そうでさァ」

「となると、狛蔵を始末せねば、決着はつかぬわけだな」

辰造を始末しても、狛蔵は伊達若衆《だてわかしゆう》を使っての大店の強請りはやめないだろうし、さらに源九郎たちの命を狙ってくるはずである。

「旦那の言うとおりでさァ。狛蔵が生きているうちは、あっしらもうかうか町は歩けませんぜ」

孫六が、一同を見まわしながら言った。

「それで、狛蔵の塒は分かるのか」

源九郎が訊いた。

「分からねえ。ただ、深川の八幡様界隈《かいわい》に賭場があると聞いたことがありやすんで、探り出せねえことはねえでしょう。それに、辰造は親分の塒を知ってるはずですぜ」

孫六が、辰造をつかまえて締め上げる手もあると言い添えた。

「いずれにしろ、狛蔵の住処《すみか》を早くつかみたいな」

源九郎は、仙吉たちが次の強請りを実行する前に、辰造と狛蔵を始末したかった。当然、栄造をとおして町方の手を借りることになるだろうが、狛蔵の住処が分からないことには、手が出せないのだ。

「まず、賭場だな」

孫六が言った。

「あっしらも、とっつァんといっしょに賭場を探しやすぜ」

茂次が言うと、三太郎もうなずいた。

「油断するなよ。今度は脅しではすまないぞ」

孫六や茂次たちが、狛蔵の身辺を探っていると気付けば、命を狙ってくるはずである。

「どうだ、おれも行こうか」

菅井が、居合抜きの見世物はしばらく休みだ、と言い添えた。

「菅井の旦那が、いっしょなら心強《こころづ》えや」

茂次と三太郎は、ほっとした顔をした。茂次が狙われているだけに、不安があったのだろう。

「おれは、孫六といっしょに辰造の身辺を洗ってみよう」

源九郎は、仙吉の塒がつかめれば、仙吉だけを仲間から引き離すつもりだった。言うことを聞かなければ、縛り上げてでも長屋に連れもどさねばならない。

そこまで、強引にしなければ、仙吉は助けられないだろうと考えていたのだ。

「旦那たちのような用心棒がついてくれりゃァ安心だ。……今夜は、とことん飲もうじゃァねえか」

そう言って、孫六が銚子を手にした。

これまで、源九郎たち五人はほとんど酒を飲まずに話し込んでいたのだ。

「よし、飲むぞ！」

茂次が声を上げた。

座は一気にさわがしくなった。元来、五人とも酒好きで、菅井を除いた四人は陽気な性格だったのである。

二

七ツ（午後四時）ごろである。陽は西の空にまわったが、まだ強い初夏の陽射しが、柳の枝葉や土手を照らしていた。西陽に照らされた大川の川面を猪牙舟《ちょきぶね》や屋根船、荷を運ぶ艀《はしけ》などが行き交っている。

源九郎と孫六は、大川端の柳の陰から千鳥屋の店先に目をむけていた。小体《こてい》な店だったが、奥行きはありそうだった。

店先に暖簾《のれん》は出ていたが、店の周辺はひっそりとしている。若衆も姿を見せないし、客もまだらしい。

「旦那、近所で聞き込んでみやすか」

孫六が訊いた。

「いや、もうすこし待ってみよう」

すでに、孫六が近所をまわって聞き込んでいるはずだった。源九郎がまわっても、新たなことは聞き出せないだろう。

それから小半刻（三十分）ほどしたとき、永代橋の方から歩いてくる派手な衣装の三人連れが見えた。伊達若衆らしい。いずれも、十五、六歳と思われる若者で、声高にしゃべりながら、近付いてくる。

「仙吉はいないようだな」

源九郎は、三人の顔に見覚えがなかった。

三人は源九郎たちが身を隠している柳の前を通り、千鳥屋に入って行った。それから、いっときすると、今度は川下の方から伊達若衆らしい二人連れがあらわれ、同じように千鳥屋の暖簾をくぐった。そのふたりの顔にも、見覚えはなかった。

「千鳥屋が、若衆たちの溜まり場になっているようだな」

孫六の言うとおりだった。あるじの辰造が、若衆たちを手なずけるために、店でただ酒を飲ませているのかもしれない。

それからしばらく、源九郎たちは仙吉があらわれるのを待ったが、姿を見せなかった。いつのまにか陽が落ち、辺りが淡い暮色につつまれていた。すでに、暮れ六ツ(午後六時)を過ぎている。

「旦那、どうしやす」

孫六の顔に、うんざりしたような表情があった。この場に身をひそめて、一刻(二時間)の余が過ぎている。

「今日は、ここまでにしよう」

源九郎も疲れていた。

ふたりは柳の陰から出て、大川端を本所の方へむかって歩きだした。

「明日は、若衆をひとりつかまえて訊いてみるか」

源九郎は、仙吉があらわれるのを待つよりその方が早いような気がした。

「そうしやしょう」

孫六がうなずいた。

翌日、源九郎と孫六は陽が対岸の日本橋の家並のむこうに沈みかけたころ、昨日と同じ大川端に来て柳の陰に身を隠した。今日は店から出てくる若衆をつかまえて、話を訊くつもりだった。

源九郎たちがその場に身をひそめて小半刻（三十分）ほどしたとき、派手な衣装の伊達若衆らしい二人連れが、店から出てきた。昨日、見かけた男だった。ふたりは、千鳥屋に泊まったのかもしれない。肩を落とし、足を引きずるようにして歩いてくる。だいぶ疲れているようだった。

源九郎と孫六は知らなかったが、ふたりは夜通し博奕《ばくち》を打ち、今朝になって眠り、起きて間もなかったのだ。

ふたりは、源九郎たちの方へ近付いてきた。

「ここで、話を聞くわけにはいかんな」

まだ、暮れ六ツ前だったので、大川端沿いの道には、かなり人通りがあった。ふたりが騒ぎでもしたら、たちまち人垣ができるだろう。

「尾《つ》けやすかい」

孫六が言った。

「そうしよう」

源九郎たちは、ふたりの若衆をやり過ごし、半町ほど間をとって跡を尾け始めた。人影のない通りへ出てから、追いついて話を訊くつもりだった。

前を行くふたりは、永代橋のたもとを過ぎてしばらく歩くと、右手の路地へ入った。表店《おもてだな》の間の狭い路地である。

「孫六、追いつくぞ」

源九郎は小走りになった。

孫六も遅れじとついてきた。孫六は左足がすこし不自由だが、その気になると年寄りとは思えないほど足は速い。むかし、岡っ引きとして鍛えた足腰のせいであろう。

薄暗い路地だった。人影はなく、両側に長屋の板塀や古い町家などがつづいている。

「そこのふたり、しばし待て！」

源九郎が、ふたりの若者に走り寄って声をかけた。

ふたりの若者は足をとめて振り返った。怪訝《けげん》な顔をしていたが、警戒の色はなかった。源九郎と孫六は、どう見ても貧相な老人だったのである。

「おれたちのことか」

大柄で赤ら顔の男が訊いた。この男は、松吉だった。もうひとりは、利之助である。むろん、源九郎たちはふたりの名は知らない。

「そ、そうだ。ちと、訊きたいことがある」

源九郎が息をはずませて言った。走るのは、苦手である。すこし走るとすぐに息が上がってしまう。

孫六は源九郎の脇へ来て、ふところに右手をつっ込んだ。古い十手をしのばせて来たようだ。いざとなったら、取り出すつもりなのだろう。

「おまえたちは、千鳥屋から出てきたな」

源九郎がふたりに訊いた。

「な、なんだ、てめえ！」

松吉の顔色が変わった。

「千鳥屋でただ酒でも飲んできたか」

さらに、源九郎が訊いた。

「爺《じじ》い、さんぴんだと思って、でけえ口をきくんじゃァねえ」

松吉が、怒りの声を上げた。

「答える気はないのか」

「てめえらの面《つら》も見たくねえ。とっとと失《う》せろ！」

「やむをえんな」

言いざま、源九郎は刀の柄に右手を添えて抜刀した。

ワッ、と悲鳴を上げ、身を引こうとした松吉の喉元に、切っ先がぴたりとつけられている。逃げる間もなかった。一瞬の早業である。

利之助は驚怖《きょうふ》に目を剝《む》き、凍りついたようにつっ立った。源九郎の腕の冴えに、度肝を抜かれたようだ。

「このまま、おまえの喉を突き刺してもかまわんぞ」

「よ、よせ……」

松吉は首を伸ばし、目を丸くした。恐怖で身を顫《ふる》わせている。

「もう一度訊く、おまえたちは千鳥屋から出てきたな」

「で、出てきた」

「店には、あるじの辰造の他にだれがいる」

源九郎が訊いた。

「女将《おかみ》のお政さん……」

「よく顔を出す常連は」

「宗次郎兄イと、玄助兄イだ」

「他は」

宗次郎と玄助は、若衆たちの兄貴分らしい。

「あ、あとは、おれたちだ」

「おれたちというと」

「おれたちの格好を見れば、分かるだろう」

松吉の物言いがぞんざいになった。源九郎とのやり取りで、いくぶん恐怖がやわらいだのかもしれない。

「伊達若衆か」

「そうよ」

「平野屋へ行ったのは」

「し、知らねえ」

松吉の顔がこわばった。平野屋のことを訊かれて、源九郎を町方同心が牢人ふうに変装しているとでも思ったのかもしれない。

「言わねば、このまま刺し殺す。わしらは、町方ではないからな」

源九郎が松吉を睨《にら》みすえて言った。その顔からいつもの穏やかな表情は掻《か》き消え、剣客らしい凄《すご》みのある面貌《おもて》に変わっていた。

「利根助兄イと嘉次、それに弥助……」

松吉は三人だけの名を口にした。

「八人いたはずだぞ」

そう言って、脇につっ立っている利之助に切っ先を突き付け、おまえが話せ、と命じた。

「……茂助、磯六、仙吉」

利之助が小声で言った。

やはり、仙吉と磯六が平野屋に行ったのはまちがいないようだ。

「残りのふたりは」

「お、おれたちだ」

利之助が、自分と松吉の名を口にした。

「茂助を痛めつけたのは、おまえたちか」

源九郎は声を強くして訊いた。

「お、おれたちじゃァねえ」

利之助と松吉は、泣きだしそうな顔をして首を横に振った。そうした表情には、まだ子供らしさが残っている。

「では、だれだ」

「辰造兄イたちだ」

利之助が、宗次郎と玄助が手を下したことを言い添えた。

どうやら、辰造が指示し、宗次郎と玄助で茂助を打擲《ちょうちゃく》したらしい。

「茂助は、なぜ死んだんだ。辰造たちに折檻《せっかん》されただけではないだろう」

「あ、あいつ、平野屋で娘を助けたんだ。それを聞いて、辰造兄イたちが怒り、茂助に船頭ひとり殺せと言ったんだ。……あ、あいつ、船頭が殺せなかったらしい。それで、川に飛び込んじまったんだよ」

利之助が涙声で言った。松吉も涙ぐんでいる。一端《いっぱし》の伊達者気取りで町を闊歩《かっぽ》しているが、根はまだ子供なのだろう。それに、源九郎たちに隠し立てする気はまったくなくなったようだ。

「仙吉と磯六だが、どこで寝泊まりしている。千鳥屋ではないな」

「利根助兄イの家だと聞いている」

「利根助の家はどこだ」

「黒江町の樽八という飲み屋だと聞いたが、行ったことはねえ」

松吉が言った。

すると、孫六が、それだけ分かりゃァ、あっしがすぐに探り出しやすよ、と源九郎の耳元で言った。

「ところで、辰造たちだが、次はどの店を狙っている」

辰造たちによる伊達若衆を使っての強請りは、まだつづくだろう、と源九郎はみていたのだ。

「店の名は知らねえが、辰造兄イは、ちかいうちに深川の大店を狙うと言ってやした」

「やはりそうか」

源九郎は、さらにその強請りにくわわる者はだれか訊いたが、松吉と利之助は首を横に振った。まだ、はっきりした話はないらしい。

「松吉、利之助、このまま千鳥屋へ出入りすれば、茂助の二の舞いか、町方に捕らえられて首を刎《は》ねられるかだぞ」

源九郎が諭すように言うと、

「わ、分かった」

と松吉が声を震わせて言い、利之助もこわばった顔でうなずいた。

「行っていい」

源九郎の声で、ふたりは首をすくめるように頭を下げ、逃げるようにその場から離れた。

「旦那、やつら、これで改心しやすかね」

孫六が言った。

「どうかな。ただ、千鳥屋には行かなくなるだろう。わしらにしゃべったことが知れれば、茂助と同じ目に遭《あ》わされることは、分かっているだろうからな」

そう言って、源九郎は去っていくふたりの若者に目をやった。

すでに、路地は淡い夜陰につつまれていた。松吉と利之助の後ろ姿が闇に溶けるように消えていく。

三

源九郎と孫六が松吉たちから千鳥屋のことを訊いていたころ、菅井、茂次、三太郎の三人は、黒江町の掘割沿いにいた。道端の笹藪《ささやぶ》の陰から、板塀でかこった仕舞屋《しもたや》に目をむけていた。狛蔵の賭場である。

この日、菅井たち三人は午後になると、深川の富ヶ岡八幡宮に足を運び、界隈《かいわい》で聞き込んだ。狛蔵の賭場をつきとめるためだが、通り沿いの店に立ち寄って賭場がどこにあるか訊くわけにはいかない。それに、行き当たりばったりに訊いたとて、答えてくれる者はいないだろう。

そこで、菅井たちは飲み屋のあるじや遊女屋の妓夫《ぎゆう》などから土地の遊び人や地まわりなどを聞き出し、袖の下をつかませてそれとなく賭場のある場所を訊いたのだ。

四人に当たって訊いたが警戒して話してくれず、諦めかけたころ、助七《すけしち》という遊び人に出会った。

茂次が、あっしも、手慰みは好きでしてね、そう言って、博奕好きであることを口にしてから、狛蔵の賭場のことを訊くと、

「黒江町ですぜ」

と言い出し、この場所を教えてくれたのだ。

菅井は道端の笹藪の陰から賭場に目をむけていたが、狛蔵らしき男はなかなか姿を見せなかった。

「今日のところは、これまでだな」

菅井が言った。

賭場へ乗り込んで、狛蔵一味とやり合うわけにはいかなかった。今後のことは、源九郎たちと相談してから決めるしかない、と菅井は思ったのである。

すでに、陽は西の家並の向こうに沈み、物陰や家の軒下には淡い夕闇が忍び寄っていた。

菅井たち三人は笹藪の陰から通りへ出ると、掘割沿いを富ヶ岡八幡宮の門前通りの方へ歩きだした。門前通りから大川端へ出て、はぐれ長屋のある相生町へ帰るつもりだった。

菅井たちが掘割沿いの道を一町ほど歩いたとき、町人体の男が町家の陰から通りへ出てきた。そして、菅井たちの跡を尾け始めたのである。

狛蔵の手下の権十《ごんじゆう》という男だった。この日、狛蔵の賭場に出入りしている三《さん》下《した》が、富ヶ岡八幡宮の界隈で賭場のことを訊きまわっている三人組がいることを耳にし、狛蔵に注進したのだ。

その話を聞いた狛蔵は、数人の手下を賭場の周囲にひそませ、それらしい三人組があらわれたら、狛蔵に知らせるとともに跡を尾けるよう命じた。

権十は菅井たち三人を目にすると、蓑吉《みのきち》という仲間といっしょに菅井たちがむかう道筋を見た上で、蓑吉を狛蔵の許へ走らせ、自分は菅井たちを尾行することにしたのである。

蓑吉から知らせを聞いた狛蔵は、賭場にいた渋沢小十郎に菅井たちの後を追わせ、さらに蓑吉を千鳥屋へ走らせた。菅井たちが相生町へ帰るであろう道筋で辰造を待たせ、渋沢と合流させるためだった。

狛蔵は、菅井たちが三人であることを聞き、渋沢のほかに辰造、それに権十と蓑吉をくわえ、四人で襲わせようと考えたのである。

菅井たち三人は大川端へ出ると、川上にむかって歩いた。

すでに、大川端は淡い夜陰につつまれ、川沿いの道の表店は店仕舞いし、人影もなくひっそりとしていた。対岸の日本橋の家並が、夜陰のなかに黒く沈んでいた。大川の滔々《とうとう》とした流れが、無数の黒い波をうねらせながら茫漠《ぼうばく》とした江戸湊へとつづいている。

菅井たち三人の一町ほど後方に、ふたつの人影があった。権十と後を追ってきた渋沢だった。

菅井たちは永代橋のたもとを通り、佐賀町へ入った。後方のふたりは、ほぼ同じ間隔をたもったまま跡を尾けてくる。

しばらく歩くと、前方に仙台堀にかかる上ノ橋が見えてきた。その橋のたもとに人影があった。夜陰のなかに、ぼんやりと黒い人影が見える。四人。いずれも着物を尻《しり》っ端折《ぱしょ》りした町人体だった。

辰造と蓑吉、それに千鳥屋に居合わせた宗次郎と玄助だった。蓑吉から話を聞いた辰造は念のために宗次郎と玄助を同行し、この場で菅井たちを待ち伏せて、後を追ってくるであろう渋沢たちと挟み撃ちにしようとしたのである。

そうとは知らず、菅井たちはしだいに上ノ橋に近付いてきた。

「旦那、あいつら、様子がおかしいですぜ」

茂次が前方の四人に目をやりながら言った。

「妙なやつらだが、いずれも丸腰だ。恐れるようなことはあるまい」

菅井は足をとめなかった。四人で襲ってきたとしても、後れをとるようなことはないと踏んだのだ。

「だ、旦那！　後ろからもふたり」

三太郎が、喉のつまったような声を出した。

見ると、牢人らしい男と町人が小走りに迫ってくる。

「挟み撃ちか」

菅井は、牢人に目をそそいだ。

総髪で、前髪が額に垂れていた。小袖によれよれの袴。大刀を一本だけ落とし差しにしている。

……華町を襲った牢人ではないか！

と、菅井は気付いた。源九郎から聞いていた牢人の風体と同じだった。源九郎を襲った牢人ならば、遣い手である。源九郎が手傷を負わされた相手なのだ。しかも、町人だが五人も仲間がいる。切り抜けるのはむずかしい、と菅井は思った。

「茂次、三太郎、逃げろ！」

通り沿いの表店の間に脇道があった。そこへ走り込めば、菅井が敵をくいとめている間に逃げられるはずである。

「旦那を置いて、逃げられねえ。三太郎、おめえは逃げろ！」

言いざま、茂次がふところから匕首《あいくち》をとりだした。念のために呑んできたらしい。

「お、おれも、逃げねえ」

三太郎は袖をたくし上げ、青瓢箪《あおびょうたん》のような顔を横に振った。顔の血の気が失せ、よけい蒼ざめて見える。

「三太郎、素手じゃァ無理だ。……そうだ、この近くに浜乃屋があったな」

茂次が、前から迫ってくる辰造たちを見すえながら言った。

「すぐ、近くだ」

浜乃屋は右手の路地を入れば、すぐである。

「おめえ、浜乃屋へつっ走れ！　客が大勢いたら、連れてこい」

茂次は大勢で騒げば、敵を退散させることができるかもしれないと思ったのだ。それに、三太郎をここから逃がすこともできる。

「ぐずぐずするな。行け！」

前からの四人が、近くまで来ていた。後ろからの足音も迫っている。

「分かった」

三太郎が飛び出し、すぐに右手の路地へ駆け込んだ。

菅井と茂次は、その路地を背にして立った。すこしの間だけ敵を食いとめれば、三太郎は逃げられるだろう。それに、あまり期待はできないが、三太郎が大勢助けを連れてくるかもしれない。

前方からの四人が、菅井と茂次をとりかこんだ。すでに、四人とも匕首を手にしていた。菅井たちにむけられた双眸が、獲物を追いつめた野犬のようにひかっている。そのなかへ、後方から来たふたりがくわわった。

菅井の正面に立ったのは渋沢である。蓑吉、宗次郎、玄助、権十の四人は、渋沢が存分に刀をふるえるようにすこし間を取ったが、辰造だけは菅井の左手にまわり込んできた。渋沢に助勢しようとしたのである。

「菅井紋太夫か」

渋沢がくぐもった声で訊いた。

「いかにも。おぬしの名は」

菅井が誰何《すいか》した。

「名乗るほどの者ではない」

言いざま、渋沢はゆっくりとした動作で抜刀した。

「やるしかないようだな」

菅井は刀の柄に右手を添え、居合腰に沈めた。

四

菅井と渋沢との間合は、およそ四間。まだ、居合の抜刀の間合ではない。

渋沢は下段だった。切っ先が地面に付くほど低い構えである。

左手にまわり込んできた辰造は、匕首を胸元に構え、かすかに体を上下させていた。双眸が餓狼《がろう》のようにひかり、全身に殺気をみなぎらせていた。喧嘩殺法だろうが、侮れない相手である。

渋沢が足裏を摺《す》るようにして、間合をせばめてきた。

……できる！

菅井は背筋を冷たい物で撫《な》でられたような気がした。

渋沢の体がほとんど揺れなかった。銀色《しろがねいろ》に浮き上がった切っ先が、暗い地表を裂くように迫ってくる。

菅井は、下から突き上げられるような威圧を感じた。

だが、菅井はすぐに気を鎮めて敵との間合を読み、抜刀の機をうかがった。居合は抜刀の迅《はや》さと敵との正確な間積もりが命である。一瞬の判断が勝負を決するのだ。

渋沢がジリジリと間をつめてきた。

足音も気合も、息の音さえ聞こえなかった。ふたりの間を、時のとまったような静寂《しじま》と緊張が支配している。

そのとき、茂次と対峙したのは宗次郎である。左手に蓑吉と権十がまわり込み、玄助は宗次郎の右手後方にいた。宗次郎たち四人は、それぞれ胸のあたりに匕首を構えていた。夜陰のなかで、月光を反射《はね》た匕首が野獣の牙のようにひかっている。

「茂次、今度は命をもらうぜ」

宗次郎がすこしずつ間をつめながら言った。

「そうはいかねえ」

茂次も匕首を前に突き出すように構えていた。すこしずつ、後じさりしている。まともに四人を相手にやり合ったら勝ち目はなかった。ひとりを相手にするように動きながら戦い、時間を稼ぐより手はなかった。

なおも、宗次郎が迫ってくる。それに合わせるように、蓑吉たち三人も身を寄せてきた。

茂次は四人に目をくばりながら後じさりして逃げる。

そのころ、三太郎は浜乃屋の前まで来ていた。店のなかから、男たちの賑やかな談笑とお吟らしい女の笑い声が聞こえた。数人の客がいるようだ。

「お、お吟さん！」

三太郎が戸口から飛び込んだ。

土間の先の追い込みの座敷に、客が五人いた。半纏《はんてん》を羽織った大工らしい男が三人、隅の方で職人らしい男がふたり、おしゃべりをしながら酒を飲んでいた。

お吟は大工らしい三人のそばで、銚子を手にしていた。

お吟と客五人。その六人の目が、飛び込んできた三太郎にいっせいにむけられた。

「三太郎さん、どうしたの」

お吟が腰を浮かせて訊いた。

三太郎は、女房のおせつが一時浜乃屋を手伝っていたことがあり、お吟とは顔馴染みだったのだ。

「た、大変だ！」

三太郎が声をつまらせて叫んだ。

「何が、大変なの」

お吟が腰を浮かせたまま訊いた。男たちの目は、三太郎に集まったままである。

「菅井の旦那と茂次さんが殺される！」

「殺されるって！」

お吟が立ち上がった。お吟ははぐれ長屋に住んだことがあったので、菅井や茂次とも親しかった。

「大川端で、何人もの男たちが襲ってきたのだ」

「た、大変！」

「手を貸してくれ」

「て、手を貸せって言われても、あたしじゃァ菅井の旦那たちを助けられないよ」

お吟が、おろおろしながら言った。

「みんな、いっしょに来てくれ。大勢で騒ぎたてれば、やつらも逃げ出すはずだ」

三太郎が酒を飲んでいる男たちに言った。

男たちは顔を見まわして逡巡《しゅんじゅん》している。あまりに唐突な話なので、事情がうまく飲み込めないらしい。

「み、みんな、頼むよ！　あたしも行くからさ。そうだ、あたしといっしょに来てくれたら、今夜の酒代はいらないよ」

お吟が大声で言った。

「おおし！　行くぞ」

大柄で髭の濃い男が、立ち上がった。

「おれも、行くぞ」

すぐに、赤ら顔の男がつづいた。

おれも、おれも、と他の三人が、勢いよく立ち上がり、土間へ出てきた。

「あたし、吾助さんも連れていく」

お吟が板場に飛び込んだ。

吾助は老齢だが、浜乃屋の板場をまかされている男である。

「こっちだ！」

三太郎が大川端の方へむかって走り出した。その後を、お吟と男たちがばたばた足音をひびかせてつづく。

浜乃屋を出たときは八人だったが、途中、お吟が顔見知りの船頭ふたりと顔を合わせ、いっしょに連れてきた。都合十人である。

菅井は渋沢と対峙していた。渋沢は斬撃の間境のわずか手前で寄り身をとめ、気魄《きはく》で攻め始めた。遠間で、菅井に刀を抜かせようとしているのである。

だが、菅井は気を鎮めて、渋沢が抜刀の間境に踏み込むのを待っていた。

時が流れた。ほんの数瞬なのか、小半刻（三十分）も過ぎたのか、菅井も渋沢もどれほどの時が経過したのか分からなかった。気を集中させていたため、時間の経過の意識がなかったのである。

そのとき、茂次が、ワッ、と声を上げて、後ろへ飛び退《すさ》った。宗次郎が踏み込みざま匕首を突いてきたのだ。

と、渋沢の全身に稲妻のような剣気が疾《はし》った。

次の瞬間、ほぼ同時にふたりの体が躍動した。

タアッ！

鋭い気合とともに、渋沢の切っ先が下段から逆袈裟《ぎゃくげさ》に撥《は》ね上がった。

間髪をいれず、刀身の鞘走る音とともに菅井の腰元から閃光《せんこう》が疾った。菅井の抜きつけの一刀が稲妻のように渋沢の脇腹へ伸びる。

二筋の刃光が、夜陰を裂いて流れた。

瞬間、ふたつの人影が交差し、間を取って反転した。

菅井の着物の右の脇腹が裂け、かすかな血の色があった。渋沢の切っ先がとらえたのである。だが、かすり傷だった。

一方、渋沢の着物の脇腹が裂けていたが、肌に血の色はなかった。菅井の抜きつけの一刀は渋沢の着物を裂いただけである。

間をとった渋沢はふたたび下段に構え、菅井は脇構えにとっていた。菅井は抜刀してしまったため、脇構えから居合の抜刀の呼吸で斬り込もうとしたのである。

……次は、斬られる！

と、菅井は察知した。

菅井の抜きつけの一刀と渋沢の下段からの斬撃はほぼ同時だった。互角といっていい。だが、次はちがう。抜き合わせてしまえば、居合の威力は半減する。このまま斬り合えば、菅井が後れをとるはずだった。

「次は、うぬの首を落とす」

渋沢がうす嗤《わら》いを浮かべて間を寄せてきた。

五

茂次も危機にあった。宗次郎の匕首はかわしたが、飛び退ったとき、左手から突いてきた蓑吉の匕首で脇腹を裂かれたのだ。

着物が大きく裂け、肌が血まみれになっていた。ただ、浅手で命にかかわるような傷ではなかった。

宗次郎たち四人は底びかりする目で茂次を見すえ、手負いの獣を追いつめた狼の群れのようにジリジリと迫ってきた。

茂次はさらに後ろへ下がろうとしたが、表店の大戸まで半間もなかった。これ以上は下がれない。

茂次は顔が蒼ざめ、目がつり上がっていた。恐怖が体をつつんでいる。

「てめえの首を、搔《か》き斬ってやらァ」

宗次郎が低い声で言い、さらに踏み込んできた。

咄嗟《とっさ》に、茂次は、このままでは殺《や》られる、と察知すると、右手にまわっていた玄助の方へいきなり踏み込み、

「やろう！　そこをどけ」

と叫びざま、匕首を手にしてつっ込んだ。

おおっ！と、声を上げ、玄助が脇へ跳んだが、腰がくだけてよろめいた。茂次の唐突な攻撃で、慌てたらしい。

その隙を衝《つ》いて、茂次が大川の岸辺へ走った。土手に群生した葦《あし》のなかに逃げ込もうとしたのである。

「逃がすかい！」

蓑吉が、すばやく前にまわり込んで行く手をふさいだ。

「どけ！」

叫びざま、茂次は蓑吉に走り寄り、手にした匕首を突き出した。

蓑吉は脇へ跳びざま、匕首で斬り上げた。その切っ先が、茂次の顎をとらえた。

ピッ、と血が飛んだ。

蓑吉のふるった匕首の切っ先が、茂次の顎の皮肉を裂いたのだ。

かまわず、茂次は前に突進し、飛び込むような勢いで川端の土手を駆け下りた。そして、岸辺近くに群生した葦のなかに分けいった。

「逃がすな！　追え！」

宗次郎が土手の上で声を上げた。

一方、菅井は渋沢と対峙し、腰を沈めて脇構えから斬り上げる機をうかがっていた。

……初太刀は捨てる。

菅井は遠間から仕掛け、初太刀を捨てて、二の太刀で勝負するつもりだった。渋沢に遠間から斬り込ませ、下段からの斬撃を防ごうとしたのである。

渋沢が足裏を摺るようにして間合を狭めてきた。斬撃の間境まで、あと半歩である。

ふいに、菅井が仕掛けた。

イヤアッ！

裂帛《れっぱく》の気合を発しざま、脇構えから逆袈裟に。

その切っ先は、渋沢の眼前で空を切って流れた。間合が遠かったのである。

間髪をいれず、渋沢の体が躍動した。

下段から踏み込みざま逆袈裟に。これも、菅井の胸元をかすめて空を切った。

……いまだ！

菅井は頭のどこかで感知し、刀身を返して袈裟に斬り込もうとした。初太刀から連続しての二の太刀だった。

が、このとき、左手にいた辰造が動いた。

いきなり飛び込んで来て、菅井の脇腹を狙って匕首を突き出したのだ。咄嗟に、菅井は上体を倒すようにして切っ先から逃れようとしたが、左の二の腕を裂かれた。

血が噴いた。見る間に、左手が血に染まっていく。

菅井はさらに脇へ跳んで、渋沢の斬り込みから逃れた。

……ふたりが相手では、勝負にならぬ。

と、菅井は思った。

「菅井、もはや、逃れられぬぞ」

渋沢が下段に構えて、間をつめてくる。その動きと呼応するように、辰造は左手にまわり込んできた。

ふたたび、菅井は脇構えにとった。まだ、刀はふるえる。左手も自在に動く。

菅井は凄《すさ》まじい形相をしていた。そうでなくとも顎のしゃくれた不気味な顔である。目がつり上がり、歯を剝き出した顔は、まさに刹鬼《せっき》か般若《はんにゃ》のようである。

「斬り込んでこい!」

菅井が吼《ほ》えるような声を上げた。

そのときだった。路地の方で、大勢の走り寄る足音がひびいた。あそこだ! 斬り合ってるぞ、などという男の声にまじって、菅井の旦那ァ! 茂次さん! と呼ぶ三太郎の声も聞こえた。

見ると、大勢の黒い人影が、路地から通りへむかって走ってくる。それらの黒い人影は路地の夜陰のなかから、わらわらと湧き出てくるように見えた。

大勢だった。十人ほどもいる。その人影が、路地を出たところに居並んだ。お吟の姿もある。

「石を投げろ!」

三太郎が叫んだ。

すると、やっちまえ! これでも食らえ! などという声とともに、人影からいっせいに石礫《いしつぶて》が飛び、渋沢や辰造たちを襲った。

「これは、たまらん」

渋沢は左手で頭をおおい、川岸の方へ走った。辰造たちも悲鳴を上げて後じさった。

「引け！」

渋沢が声を上げて反転した。この場は逃げるしかないとみたようだ。

渋沢が駆けだしたのを見て、辰造や宗次郎たちもその場から逃げだした。

「菅井の旦那！」

三太郎が駆け寄ってきた。

お吟と同行した男たちも、菅井のまわりに集まってきた。

「旦那、腕から血が！」

三太郎が、驚いたように目を剝いた。菅井の左の二の腕が血に染まっていたのだ。

「なに、かすり傷だ」

そう言いながら、菅井はふところから手ぬぐいを出し、傷口に当てた。出血さえとまれば、たいした傷ではない。

「旦那、茂次さんは」

お吟が訊いた。付近に茂次の姿がなかったのである。

そのとき、川岸の土手の下から、おれは、ここだ！　という茂次の声がした。

見ると、茂次が土手を這《は》い上がってくる。

なんともひどい姿だった。髷《まげ》は脇に垂れ、顔はひっ掻き傷だらけである。群生した葦のなかを掻き分けて逃げたせいらしい。それに、顎のあたりと脇腹の着物が血に染まっている。ただ、顎の傷は浅く、いまはわずかな出血である。

「し、茂次さん、ひどい傷ですよ」

三太郎が顔をしかめて言った。

「三太郎、手ぬぐいを持ってるか」

茂次が訊いた。

「あるよ」

三太郎はふところから手ぬぐいを出して茂次に手渡した。

「てえした傷じゃァねえんだ。こうしておけば、じきに治る」

そう言って、茂次は手ぬぐいを折り畳んで脇腹に当てた。

「お吟さん、すまん。みんなにも、礼を言う」

菅井は集まった男たちに、今夜は、おれたちが持つから、浜乃屋でゆっくりやってくれ、と言い添えた。

六

「今日の店は、海辺大工町《うみべだいくちょう》の上総屋だ」

辰造が、一同に視線をまわしながら言った。

「油問屋ですかい」

玄助が訊いた。

「そうだ。名の知れた大店だからな、奉公人も多い。金にはなるが、腰を据えてかからねえと、平野屋の二の舞いだぜ」

「よし、今日はおれも行こう」

宗次郎が言った。

千鳥屋の奥の座敷である。そこに、辰造、宗次郎、玄助、利根助、嘉次、弥助、磯六、仙吉の姿があった。松吉と利之助はいなかった。ふたりは源九郎たちにしゃべってから、千鳥屋に来ていなかった。改心したというより、源九郎たちにしゃべったことが、辰造に知られ、折檻されるのが怖かったのであろう。

「おれも行く」

玄助が言った。

宗次郎と玄助が行くと言い出したのは、茂助、松吉、利之助の三人がいなくなり、利根助たちだけでは、心許なかったからであろう。

「おめえたち、平野屋のようなどじは踏むなよ」

宗次郎が、利根助たち五人の顔を舐《な》めるように見ながら言った。

「へい」

利根助が答えて、首をすくめるように頭を下げた。嘉次たちもちいさく頭を下げたが、仙吉は大柄な利根助の後ろに身を隠すように座ってうなだれていただけである。

「行くぜ」

宗次郎が立ち上がり、玄助や利根助たちがつづいた。仙吉も立って、利根助たちの後ろについて座敷を出て行った。

仙吉は、上総屋に母親のおとせが下働きの奉公に出ていることを知らなかった。知っていれば、機会を見て逃げ出しただろう。母親にさからって家を飛び出したとはいえ、母親の目の前で強請りに荷担はできない。

その日、曇天だった。まだ、七ツ（午後四時）前のはずだが、空が厚い雲でおおわれているせいで、辺りは夕暮れ時のようにうす暗かった。

宗次郎たち七人は、大川端を川上にむかって歩いた。仙吉はしんがりについた。あまり気は進まなかったが、宗次郎たちから逃げ出すこともできなかった。それに、逃げられたとしても行き場がなかったのである。

七人が千鳥屋から一町ほど離れたとき、川沿いの町家の板塀の陰から通りへ出てきた男がいた。孫六である。

この日の午後、孫六は深川黒江町に出かけ、樽八という飲み屋を探した。仙吉の塒をつきとめるためである。

樽八はすぐに分かった。店の名が分かっていたので、富ヶ岡八幡宮の門前通り沿いの酒屋や飲み屋などに立ち寄って訊くと、樽八のある場所は簡単に知れたのである。

孫六が樽八をつきとめ、店のそばの物陰で様子をうかがっていると、表の腰高障子があいて三人の若者が姿を見せた。

……仙吉だ！

三人のなかに仙吉がいた。もうひとり、見覚えのある若者がいた。磯六である。三人のなかでは、年嵩《としかさ》のいっている大柄な男が利根助であろう。

孫六は三人の跡を尾け始めた。三人は、富ヶ岡八幡宮の門前通りから大川端へ出て、相川町の小料理屋に入った。その店が千鳥屋だったのである。

孫六は千鳥屋から半町ほど離れた町家の板塀の陰に身をひそめて、店先に目をやっていた。そして、仙吉たちが店に入ってから一刻(二時間)ほどしたとき、宗次郎たち七人が、店先から出てきたのである。

……やつら、どこかの店を強請る気かもしれねえ。

孫六は直感した。

遊びに出かけるにしては人数が多すぎるし、七人の歩く姿に殺気だった雰囲気があったのだ。

どこへ行くのか、七人の若者は大川端を足早に川上にむかっていく。

孫六はひそんでいた板塀の陰から通りへ出て跡を尾け始めた。何とか、仙吉だけでも悪事に荷担するのをやめさせたかったが、孫六はどうしていいかまったく分からなかった。

そのころ仙吉の母親のおとせは、上総屋の帳場の脇の板敷きの間にいた。奉公人や船頭たちに茶を淹《い》れていたのである。番頭がひとり、手代が三人、それに頭格の船頭がふたりいた。

この日、下総《しもうさ》の銚子から干鰯《ほしか》が送られてきた。その船荷を、荷揚げ人足や船頭たちが小名木川の桟橋から店の倉庫に運び入れた後、五人は帳場の脇の板敷きの間に集まって一服していたのである。

おとせは男たちに茶を出しながら、重苦しい不安につつまれていた。ふたりの船頭が、佐賀町の桟橋で揚がった水死体のことを話していたからである。

おとせは、その水死体が茂助であることを知っていた。伊達若衆に気触《かぶ》れ、仙吉といっしょに家を出た八百屋の倅である。

「土左衛門《どざえもん》の体中が傷だらけでよ、まともに見られなかったぜ。ありゃァ、大勢でよってたかって殴られた痕《あと》だな」

色の浅黒い年配の船頭が、顔をしかめながら言った。

「伊達若衆などと意気がっているうちはいいが、とどのつまりは、惨めなもんだな」

もうひとりの船頭が、しゃがれ声で言った。

「それによ、ちかごろは大店に因縁をつけて、金を強請ってるそうじゃァねえか」

と、年配の船頭。

「町方も本腰をいれて、探ってるようだぜ。いつまでも、餓鬼《がき》のことだと大目に見てるわけにゃァいかねえからな」

そう言って、しゃがれ声の船頭が茶をすすった。

おとせは、急須で茶をつぎながら、仙吉も悪い仲間にくわわり、お上の世話になるような悪事を働いているのではあるまいか、そう思うと、不安と恐れで目の前が真っ暗になった。

そのときだった。店の戸口で、男の怒鳴り声がし、つづいてどかどかと大勢の男たちが店に入ってきた。

七人。いずれも、十五から二十歳ごろと思われる若者だった。弁慶格子や棒縞などの派手な柄の単衣《ひとえ》に赤や黒の帯をしめていた。伊達若衆の集団である。

孫六は宗次郎たち七人が、上総屋の暖簾をくぐって店のなかに入っていくのを目にした。

……こいつは、まずい！

と、孫六は思った。

上総屋にはおとせがいる。仙吉とおとせが、鉢合わせするかもしれない。そうなると、何が起こるか分からなかった。おとせが逆上して騒ぎたてれば、若衆たちが刃物を出して襲うかもしれない。仙吉がとめようとして若衆たちとやりあい、茂助の二の舞いになる恐れもある。

何とかしなければ、と思ったが、孫六ひとりではどうにもならない。

……華町の旦那の手を借りるしかねえ。

と、孫六は肚《はら》を決めて走りだした。

若衆たちを追い散らし、仙吉とおとせを助けるのである。そのためには、源九郎の剣の腕がいる。幸い、上総屋のある海辺大工町からはぐれ長屋まで近かった。急げば、間に合うかもしれない。

孫六は不自由な左足を引きずるようにして懸命に走った。

七

……おっかァ！

仙吉は落雷にでもうたれたように身を硬直させ、その場につっ立った。土間の先の板敷きの間の隅で急須を手にしているおとせの姿を見たのである。

おとせも、仙吉に気付いたようだった。驚愕《きょうがく》に目を剝き、腰を浮かせたまま凍りついたように動かなかった。

板敷きの間にいた番頭や船頭たちは息を呑んで、押し入ってきた七人の若衆たちを見つめている。

「やい、あるじを出せ！」

宗次郎が怒鳴り声を上げた。

その声に、慌てて立ち上がったのは番頭だった。名は森蔵《もりぞう》。五十がらみの小柄な男である。

「な、何か、御用でございましょうか」

森蔵は揉《も》み手をしながら、宗次郎の前に近寄った。顔がこわばり、体が顫えていた。たったいま話していた伊達若衆が、目の前にあらわれたのである。

「あるじか」

宗次郎が恫喝《どうかつ》するように訊いた。

後ろに居並んだ玄助を始め五人も肩を怒らせて凄んでいる。ただ、仙吉だけは磯六の陰にまわり、蒼ざめた顔で顫えていた。まさか、母親と顔を合わせるとは思ってもみなかったのだ。その母親が、いま目の前にいる。仙吉の頭のなかは真っ白になり、胸が早鐘《はやがね》のように鳴っている。

「番頭の森蔵でございます」

「あるじを呼べ」

「その前に、御用をおっしゃっていただきませんと……。あるじに伝えようが、ございません」

「いいだろう。この店は、脇にある桟橋で荷揚げしているな」

「は、はい」

「十日ほど前のことだがな。おれの妹が、桟橋の前を通りかかったのだが、そのとき、道端に積んであった船荷がくずれて、妹は足をくじいた。何とか家まで帰りついたが、痛くてどうにもならねえ。やむなく医者に診てもらったが、薬代もかさむし、料理屋の勤めにも出られねえ。そこで、妹に代わって、おれが掛合いに来たのよ。薬代だけでも、出してもらいてえとな」

宗次郎が畳みかけるようにしゃべった。いつもの虚言《そらごと》である。

「そ、そのようなことは、ありませんが……」

森蔵が声をつまらせて言った。

「なんだと！　おれが虚言でも言ってるというのか」

宗次郎は袖をたくし上げ、

「おめえたち、店に礼をしてやれ！」

と、怒鳴った。

すると、玄助たちが、おお！　と声を上げ、いっせいに店の帳場に上がろうとした。

「お、お待ちを！」

慌てて、森蔵が玄助たちの前に立ち、

「そ、それで、薬代はいかほどです」

と、困惑したように顔をゆがめて訊いた。

「三両」

宗次郎は、森蔵の顔の前に指を三本立てた。

「三両でございますか」

一瞬、森蔵の顔に気抜けしたような表情が浮いた。大金を要求するのではないかと思ったのだが、意外に安かったからであろう。

おとせは腰が抜けたように板の間の隅に座り込み、身を顫わせていた。店に押し入ってきた若衆たちのなかに仙吉の顔を見たとき、刃物で心ノ臓を突き刺されたような衝撃を覚えた。仙吉が悪い仲間に入って、悪事を働いているのではないかという恐れが、現実になったのだ。

咄嗟に、おとせは飛び出して仙吉を抱きかかえ、この場から外へ連れ出そうとしたが、体中の力が抜けて動けなかった。

仙吉はおとせの目から逃れるように、磯六の体の陰に隠れ、蒼ざめた顔で顫えていた。その顔と姿を見たとき、おとせの脳裏に、仙吉が、まだ六、七歳の子供だったときのことがよぎった。

おとせが日傭取《ひようと》りの力仕事からいつもより遅く帰ると、仙吉は蒼ざめた顔で上がり框《がまち》に腰を下ろして顫えていた。汚れた細い棒のような指で、せんべいを二枚握りしめている。

「どうしたんだい」

おとせが驚いて訊くと、
仙吉はおとせの胸に顔をうずめ、

「お、おっかァといっしょに食おうと思って、待ってたんだ」

おんおんと泣きながら、仙吉は言った。

仙吉の体が熱かった。熱があるらしい。朝から寒い日だったので、風邪をひいたのかもしれない。

「仙吉、ふたりで、食おうな」

おとせも泣きながら、仙吉とふたりでせんべいを一枚ずつ食べたのである。

後で分かったことだが、二枚のせんべいは、長屋のお熊が井戸端にひとり屈んで母の帰りを待っている仙吉を不憫《ふびん》に思ってくれたものだった。

おとせの脳裏で、そのときの仙吉の姿といま目の前で顫えている仙吉の姿が重なった。

……あの子は悪い子じゃァないんだ！

そう思ったとき、おとせの体の顫えがとまった。そして、仙吉を悪い仲間から助け出せるのは自分しかいない、と強く思った。

森蔵は、あるじと相談してくると言って、腰を浮かせた。

そのとき、年配の船頭が立ち上がり、

「番頭さん、こいつらの言いなりにはならねえ方がいいですぜ」

と言って、宗次郎に歩み寄った。

「なんだ、てめえは！」

宗次郎が怒鳴った。

「船頭の昌吉《まさきち》だ。……番頭さん、こいつら、三両を手始めに、三十両、五十両とつり上げてきやすぜ。それが、こいつらの手口なんだ」

昌吉が、宗次郎を睨みつけながら言った。

宗次郎の目が怒りにつり上がり、顔から血の気がひいた。

「やろう！」

いきなり、宗次郎はふところから匕首を取り出し、飛び込むような勢いで昌吉に迫りざま匕首を突き出した。

その切っ先が、反転して逃れようとした昌吉の脇腹をえぐった。

ギャッ！　と絶叫を上げ、昌吉がのけ反り、後ろへよろめいた。そして、脇腹を押さえてうずくまった。昌吉の腹部から流れ落ちた血が、床板を真っ赤に染めていく。

「やい、じたばた騒ぐと皆殺しだぞ！」

宗次郎が狂気じみた声で叫んだ。

ふいに、おとせが立ち上がった。宗次郎の狂気じみた声を耳にし、昌吉の腹から流れ出た血を見て、この鬼のような男たちから仙吉を助け出したいという思いが胸に衝き上げてきたのだ。

おとせは何かに憑《つ》かれたような顔をして、宗次郎の前に歩み寄ると、

「仙吉を、離しておくれ！」

と、絞り出すような声で言った。

すると、宗次郎の脇にいた玄助が、

「なんだ、この婆《ばば》ァ！」

叫びざま、上がり框から飛び上がり、おとせの肩を突き飛ばした。

おとせは尻餅をついたが、這うように身を屈めて近寄り、右手を伸ばして玄助の着物の裾をつかむと、

「仙吉は、あたしの子だよ！」

と、叫んだ。

「婆ァ！　離さねえか」

玄助がふところから匕首を抜いた。威嚇《いかく》するように、切っ先をおとせの鼻先へ突き出した。

そのときだった。

「おっかァ！」

仙吉が声を上げ、飛び込むような勢いで玄助の脇に走り寄って、肩を突き飛ば

した。

ふいをつかれた玄助は、匕首を手にしたまま床に横倒しになった。

「おっかァに、手を出すな！」

仙吉はおとせの前に立ちはだかり、拳を握りしめて宗次郎たちを睨みつけた。顔は蒼ざめ、体は顫えていたが、目だけは射るように強いひかりを宿していた。

「その婆ァは、てめえの親か」

宗次郎が顔をゆがめ、そこをどけ！　と怒鳴りつけた。

そのやり取りを目の当たりにしたもうひとりの船頭が立ち上がり、

「てめらこそ、出ていけ！」

と、叫んだ。

すると、森蔵と手代三人が立ち上がり、大声を上げて、店の奥や戸口の外にいる奉公人たちを呼んだ。

「やろう！　歯向かう気か」

宗次郎が、やっちまえ！　と後ろにいる利根助たちに叫んだ。

利根助たちが、ひき攣《つ》った顔でふところに呑んでいた匕首を取りだした。ただ、磯六だけは、身を隠すように仙吉の背後にまわり込んだ。これ以上、宗次郎の言いなりになるのが怖くなったのである。

八

「く、苦しい……」

源九郎は、肩で息しながらよたよたと歩いた。心ノ臓が早鐘のように鳴り、足腰がばらばらになりそうだった。

源九郎は孫六から話を聞くと、すぐにはぐれ長屋を飛び出し、孫六につづいて海辺大工町へ走った。いっときはよかったが、すぐに胸が苦しくなり、走れなくなってしまった。源九郎は走るのが苦手で、孫六にさえ遅れをとるのだ。

「旦那、何をやってるんです、早く！」

孫六が振り返っては、急《せ》かせるように声を上げる。

「わ、分かった」

源九郎は、またよろよろと走りだした。

「まったく、焦《じ》れってえな。早く、早く」

「ま、待て、もうすこしだ」

すでに、源九郎たちは小名木川にかかる万年橋を過ぎていた。小名木川沿いにすこし行けば、海辺大工町である。

源九郎は、ハァハァ息を吐きながら懸命に走った。

いっときすると、前方に上総屋の土蔵造りの店舗が見えてきた。店の前に通行人らしい男が数人足をとめて、なかを覗き込んでいる。

「旦那！　やり合ってやすぜ」

孫六が声を上げた。

なるほど、上総屋から男の怒鳴り声や叫び声がかすかに聞こえてきた。ただの脅しではなく、若衆たちと店の者がやり合っているらしい。

……急がねば、間に合わぬぞ。

源九郎は胸の内で叫び、力をふり絞って走りだした。

店の前まで行くと、怒号や悲鳴、床を踏む音、何かを投げつけるような音などが聞こえてきた。店内は騒然としている。

源九郎は店内に飛び込んだ。

「待て、待て！」

叫びざま、源九郎は刀の鯉口《こいぐち》を切った。

土間と板敷きの間に、数人の派手な衣装の若者がいた。手に手に、匕首を握っている。板敷きの間のなかほどに、仙吉の姿があった。背後に、おとせの姿もある。仙吉が、若衆たちからおとせを守ろうとしているように見えた。

店の奉公人や船頭らしき男が数人、若衆たちから逃げるように部屋の隅に身を寄せている。

「華町だ！」

利根助が声を上げた。

宗次郎がすぐに源九郎に身を寄せ、

「年寄りの出る幕じゃァねえ、ひっ込んでろ！」

叫びざま、いきなり匕首で突いてきた。

源九郎は飛び退りながら抜刀し、刀身を峰に返して宗次郎の手元に振り下ろした。一瞬の反応である。歳は取っていても、剣をふるう動きは迅い。

ギャッ、と叫び声を上げ、宗次郎がのけ反った。手にした匕首が足元に落ちている。

宗次郎の右の前腕が奇妙に折れまがっていた。源九郎が匕首を突き出した宗次郎の右腕を刀の峰でたたき、骨をくだいたのである。

宗次郎は板敷きの間の隅までたたらを踏むように泳いだ。

それで、源九郎の動きはとまらなかった。すばやい体捌《たいさば》きで、宗次郎の右手にいた大柄な玄助の前に踏み込むと、刀身を横に払った。

ドスッ、という にぶい音がし、玄助の上体が前にかしいだ。源九郎の峰打ちが、玄助の腹を強打したのだ。

玄助は低い叫び声を上げ、がっくりと両膝を付くと、腹を押さえてうずくまった。苦しげな呻《うめ》き声を洩《も》らしている。

それを見て、利根助が悲鳴のような声を上げて、その場から後じさった。源九郎の剣で、一瞬のうちに宗次郎と玄助が峰打ちをあびたのを見て恐れをなしたようだ。

源九郎は板敷きの間の隅につっ立っている宗次郎に切っ先をむけ、

「まだ、来るか」

と、声を上げた。

源九郎は若衆たちを斬ったり、捕らえたりする気はなかった。上総屋から追い払い、仙吉とおとせの身を守ればよかったのである。

「に、逃げろ！」

宗次郎は板壁に背をこすりながら横に動き、源九郎から離れると、店から飛び出した。骨を砕かれた右手を腹にかかえるようにして逃げて行く。

宗次郎が逃げるのを見て、利根助たちは先を争って逃げ出し、床にうずくまっていた玄助も立ち上がり、腹を押さえてよろよろと戸口から出て行った。

磯六は店から出ていかなかった。仙吉の後ろに座り、神妙な顔をして視線を落としている。若衆仲間に同行する気はないようだ。

玄助の後ろ姿が戸口から消えると、奉公人や船頭の間から安堵《あんど》の声が洩れ、なかには安心して力が抜けたのか、へなへなと床に尻を落とす者もいた。

源九郎は、仙吉とおとせに目をやった。ふたりとも蒼ざめて身を顫わせていたが、おとせは仙吉の腰のあたりに手をまわして、しっかりと帯をつかんでいた。仙吉はおとせの肩にまわした手を離さなかった。

……やはり、母子《おやこ》だな。

源九郎は胸の内でつぶやいた。

第六章　奇　襲

一

店の隅の燭台の灯《ひ》に、栄造の顔が浮かび上がっていた。横からひかりを受けて、顔の陰影を濃くしているせいか、栄造の顔にはやり手の岡っ引きらしい剽《ひょう》悍《かん》さがあった。

亀楽だった。店のなかには、四人の男の姿があった。源九郎、菅井、孫六、それに栄造である。

源九郎と孫六が上総屋で宗次郎たちとやり合った三日後、栄造がはぐれ長屋の孫六を訪ねて来て、

「洲崎の狛蔵一家をお縄にしたいが、手を貸してもらいてえ」

と、切り出した。

「諏訪町の、そういう話なら、華町の旦那と菅井の旦那に乗ってもらったほうがいいぜ」

孫六がそう答え、四人そろって亀楽に来たのである。

源九郎たちは、飯台のまわりに置かれた腰掛けがわりの空樽に腰を落とし、元造が運んで来た酒で喉をうるおした後、

「それで、船頭の昌吉は死んだのか」

と、源九郎が訊いた。

上総屋に居合わせた昌吉は、宗次郎の匕首で腹を刺されて深手を負っていたのだ。

「翌朝、死んだようですぜ。そのこともあって、村上の旦那は狛蔵一家のおもだったやつらを、お縄にする気になったようでさァ」

栄造が言った。

「狛蔵と千鳥屋の辰造、それに宗次郎か」

源九郎は、上総屋からおとせや仙吉といっしょに引き上げた後、仙吉から辰造たちの名を聞いていたのである。

いま、仙吉ははぐれ長屋にもどっていた。おとせといっしょに暮らしている。体裁《ていさい》が悪いのか、あまり家から出てこなかったが、身装《みなり》も地味な無地の単衣《ひとえ》に変えていた。井戸端で会ったりすると、照れたような顔をして挨拶をする。お熊などは、子供のころの優しい仙吉にもどったよ、と言って、自分のことのように喜んでいた。

「それに、渋沢小十郎がいるぞ」

菅井が言った。菅井も、仙吉から渋沢の名を聞いていたのである。

「渋沢は狛蔵の用心棒のようでさァ。……辰造も腕がたちやすし、狛蔵一家を捕るとなれば、捕方も二手に分けなけりゃァなんねえ。それで、旦那方の力が借りられればありがてえと、村上の旦那がおっしゃってるんで」

栄造が首をすくめるようにして言った。

二手というのは、黒江町の賭場と相川町の千鳥屋のことである。狛蔵と辰造を捕縛するために、二か所を日を置かずに奇襲したいのであろう。

「ま、村上どのの立場も、分からんではない」

おそらく、村上は与力に上申せずに、上総屋を襲って船頭を殺した伊達若衆《だてわかしゅう》たちの隠れ家を巡視の途中で見つけて捕らえたことにしたいのであろう。与力の出役を仰いで、大掛かりに捕方を集めたりすると、狛蔵に察知されて姿を消される恐れがあるからだ。それに、町方だけで仕掛ければ、大勢犠牲者が出るはずである。なかでも、渋沢の剣は脅威であろう。下手をすれば大勢斬殺された上に、取り逃がす恐れもあるのだ。村上にすれば、渋沢だけでも源九郎たちに討ち取ってもらいたいはずである。

「旦那方、手を貸していただけやすかい」

栄造が源九郎と菅井に目をむけて訊《き》いた。

「むろん、そのつもりだ」

源九郎は、まだ戦いは終わっていないと思っていた。肝心の狛蔵も辰造も残っていたし、渋沢小十郎との決着もついていないのだ。

それに、源九郎には村上に頼んでおきたいことがあった。仙吉と磯六のことである。ふたりは、伊達若衆の仲間として上総屋に乗り込んでいたのだ。当然、町方は強請《ゆす》りにかかわった若衆たちも捕縛しようとするだろう。そうなると、仙吉や磯六も仲間としてお縄になりかねないのだ。

源九郎は、長屋や家にもどっている仙吉と磯六は見逃してもらいたかった。無理な頼みではないはずである。仲間といっても、仙吉は上総屋でおとせを助け、伊達若衆に歯向かい、その犯行を阻止しようとしたのである。磯六も仲間から離れ、仙吉と行動をともにしたのだ。

「それで、仕掛けるのはいつだ」

菅井が訊いた。

「明後日の朝方になりやしょう」

栄造によると、明日中にも、村上が手先たちに伝えて手筈をととのえるだろうという。

「分かった」

そう言って、源九郎は銚子を取り、菅井に酒をついでやった。

それから半刻（一時間）ほどして、栄造は腰を上げた。今日のうちにも、村上に源九郎たちが助勢してくれることを伝えるという。

栄造がいなくなったところで、源九郎が、

「それで、渋沢だが、わしにまかせてくれんか」

と、言い出した。源九郎は、渋沢に勝負をあずけられたままになっていたのだ。

「いいだろう。おれは、辰造を斬ろう。やつに、腕を斬られた借りがあるからな」

そう言って、菅井は左の二の腕を撫《な》でた。まだ、晒《さらし》を巻いていたが、斬り合いにも支障はなさそうだ。

三人で話した結果、源九郎と孫六が、黒江町の賭場へ行くことにし、菅井、茂次、三太郎の三人が千鳥屋へ行くことになった。孫六、茂次、三太郎の三人は捕方にはくわわらず、様子を見て動くことになるだろう。

その夜、源九郎たちは、あまり酒が進まなかった。茂次と三太郎がいなかったこともあるが、明後日のことが気になっていたのである。

亀楽を出ると、満天の星空だった。夜気のなかに、心地好い涼気がある。

「旦那、いい宵ですぜ」

孫六が両手を突き上げて伸びをしながら言った。

「そうだな」

源九郎の声は重かった。胸の内には、渋沢との立ち合いのことがあったのである。

……渋沢の下段に勝てるか。

源九郎は、互角だろうと思った。勝負を決するのは、戦いに挑む気魄《きはく》ではないかという気がした。

二

その日、源九郎は菅井たち四人とともに、払暁前にはぐれ長屋を出た。

風のない晴天だった。西の空に弦月がかがやいている。町の家並は夜陰に沈み、洩《も》れてくる灯もなく、ひっそりと寝静まっていた。

五人は長屋の前の路地から竪川沿いの通りへ出た。人影はなく、竪川の流れの音がいつになく大きく聞こえてきた。

竪川にかかる一ッ目橋を渡り、大川端へ出た。右手は御舟蔵で、十四棟の倉庫が建ち並んでいる。

五人は大川端を川下にむかって歩いた。千鳥屋と狛蔵の賭場へむかっているのである。

その後、源九郎たちは、栄造から村上と同僚の北山安之進《きたやまやすのしん》が狛蔵一家の捕縛にくわわると聞いていた。

捕方を二手に分け、一隊は村上が指揮して黒江町の狛蔵を捕らえ、もう一隊は北山が指揮して千鳥屋の辰造たちを捕らえるという。村上にしてみれば、賭場と千鳥屋を同時に襲うためには、どうしても北山の手を借りる必要があると判断したのだろう。

北山は村上と同じ定廻り同心であり、以前人攫《ひとさら》い一味の捕物のおりにも、北山の手を借りてふたりで捕縛に当たったことがあった。村上にしてみれば、北山は頼みやすい同僚なのかもしれない。

「孫六、村上どのたちは永代橋を渡ってくるのか」

歩きながら源九郎が訊いた。

「猪牙舟《ちょき》を使うようですぜ」

孫六によると、八丁堀南茅場町《みなみかやばちょう》にある大番屋の前に、村上と北山以下捕方たちが集合し、近くの日本橋川の鎧ノ渡《よろいわた》しから、二手に分かれて舟に乗り、村上隊は大川を下り掘割をたどって黒江町の桟橋に舟を着けるという。そうすれば、ほとんど歩かずに短時間で賭場に着けるのだ。

一方、北山隊は大川を下り、相川町の桟橋に舟を着けるそうだ。その桟橋から千鳥屋はすぐだという。

「わしらは、賭場と千鳥屋近くで待てばよいわけだな」

「へい」

孫六がうなずいた。

前方の薄墨を掃いたような淡い夜陰のなかに永代橋の黒い橋梁が迫ってきた。東の空が明らみ、辺りの闇がうすらいでいた。頭上の空が青さを増し、星のまたたきもひかりを失ってきている。

そろそろ払暁である。

五人は永代橋の手前の路傍で足をとめた。そこで、源九郎と孫六は、菅井たち三人と分かれることになっていた。源九郎と孫六は、左手の掘割沿いの路地をたどって黒江町へ出るのである。

一方、菅井たち三人はそのまま大川端を川下に歩き、千鳥屋のある相川町へむかうことになっていた。

「華町、油断するなよ」

菅井が、いつになく真剣な顔で言った。渋沢がいかに強敵であるか、菅井も知っていたのだ。

「分かっている。様子を見て、捕方にまかせるさ」

「それがいい」

源九郎と菅井は、それだけ言葉をかわして分かれた。

それから、源九郎と孫六は掘割沿いの道をしばらく歩き、狛蔵の賭場の近くまで来た。

町筋が白んできている。明け六ッ（午前六時）ちかくらしく、東の空は茜色《あかねいろ》に染まり、町筋の遠近《おちこち》から表戸をあける音が聞こえてきた。朝の早い豆腐屋やぼてふりなどが起き出したのであろう。

「旦那、あれが狛蔵の賭場ですぜ」

孫六が掘割沿いの路傍に足をとめて前方を指差した。

見ると、板塀でかこった仕舞屋《しもたや》がある。左手は空地で、右手には一軒だけ別の町家があった。妾宅ふうの家である。

孫六は茂次から狛蔵の賭場のある場所を聞き、自分でも足を運んできて確かめてあったのだ。

「狛蔵は賭場にいるかな」

源九郎が仕舞屋に目をむけて訊いた。

「賭場か妾の家か。どちらかに、いるはずでさァ」

孫六によると、狛蔵にはふたりの情婦《いろ》がいて、ひとりは富ヶ岡八幡宮の門前通りにある料理屋の女将《おかみ》をしており、もうひとりは賭場の右手にある家にかこっているという。

「ちかごろ、狛蔵は、賭場か妾の家で寝泊まりしているようでさァ」

　孫六が言った。

「よく知ってるな」

「あっしは、岡っ引きだったんですぜ」

　孫六が得意そうな顔をして、賭場を確かめにきたとき、賭場から出てきた遊び人をつかまえ、それとなく聞き出したのだと言い添えた。

　ふたりがそんな話をしているところに、村上が姿を見せた。捕方たちをしたがえている。総勢、十数人。岡っ引きや下っ引きたちである。栄造や村上の供をしている小者の伊与吉《いよきち》の姿もあった。

　ただ、村上は捕物出役装束ではなかった。黄八丈の小袖に、黒羽織の裾を帯にはさんだ巻羽織と呼ばれる八丁堀ふうである。ふだんの巡視の格好だった。捕方たちも着物の裾を尻《しり》っ端《ぱしょ》折りし、草鞋《わらじ》履きだった。襷《たすき》で両袖を絞り、十手や六尺棒を手にしている者もいた。

　源九郎は、村上と顔を合わせると、ちいさくうなずいただけで身を引いた。村上も、頼むぞ、という顔をしただけで、声もかけなかった。村上にすれば、牢人の源九郎に捕物の助勢を頼んだとなると、八丁堀同心の顔が立たないのだ。それで、声もかけなかったのである。

源九郎も村上の立場は分かっていたので、捕方の後ろに身を隠し、表に出ないように配慮したのだ。

すぐに、栄造が源九郎たちのそばに来た。

「あっしらが、賭場の様子を見てきやす」

そう言い残し、栄造は深川を縄張りにしている岡っ引きの茂三郎とふたりで、仕舞屋へ近付いた。

ふたりは、板塀の隙間からなかを覗いていたが、いっときするともどって来た。栄造はまず村上に報告し、つづいて源九郎のそばに来た。

「旦那、狛蔵はなかにいるようですぜ」

栄造によると、何人もの男の声が聞こえ、親分の狛蔵に話しかける声も耳にしたという。

「それで、村上どのはどうするな」

源九郎が訊いた。

「これから、踏み込むようです。旦那には、渋沢を頼みてえそうでして……」

栄造が、お願《ねげ》えしやす、と言い添えた。

「承知した」

源九郎はそのつもりで来たのである。

三

「かかれ」

村上が小声で言って、手を振った。

栄造をはじめ十数人の捕方が、足音を忍ばせて枝折《しお》り戸から敷地内に踏み込んだ。村上の指図で戸口に五、六人。庭先の方に十人ほどの捕方がまわった。裏手からは、庭をまわらないと通りには出られないそうである。

源九郎と孫六は戸口のそばに立っていた。渋沢がどこから姿をあらわすか。それを見て動くつもりだった。

源九郎は刀の下げ緒で両袖を絞り、袴の股だちを取った。いつ渋沢があらわれてもいいように戦いの支度をととのえたのである。

「行け！」

村上の指示で、戸口にいた捕方が引き戸をあけて踏み込んだ。

御用！

御用！

という声が上がり、つづいて、町方だ！　踏み込んできやがった！　などという怒鳴り声が聞こえた。障子をあけ放つ音、慌ただしく廊下を走る音、怒号、叱《しっ》咤《た》する声などがひびき、家のなかは蜂の巣をつついたような騒ぎになった。

と、庭に面した障子があき、狛蔵の手下《てか》らしい男がふたり飛び出してきた。手に匕首《あいくち》を持っている。

庭に待機していた捕方たちが、いっせいにふたりを取り込み、手にした十手や六尺棒をむけた。

御用！　御用！　と声を上げながら、捕方たちがふたりに迫っていく。

手下らしいふたりは、匕首をふりまわして抵抗しようとしたが、ひとりは脇から六尺棒で頭を殴られて昏倒《こんとう》し、ひとりは後ろから羽交い締めにされて早縄をかけられた。

そのとき、縁側ちかくにいた捕方のひとりが、ギャッ、という悲鳴を上げてのけ反った。

牢人がひとり、縁先に姿をあらわした。白刃を手にしている。出会い頭に、捕方に斬りつけたようだ。

「旦那、渋沢だ！」

孫六が叫んだ。

「行くぞ」

源九郎は庭に走った。庭にいた捕方たちが慌てて身を引き、渋沢から離れた。

渋沢は抜き身をひっ提げて、源九郎の方に歩を寄せてきた。逃げる気はないようである。

そのとき、縁側に恰幅《かっぷく》のいい男が顔をだした。五十がらみ、眉《まゆ》が濃く、目のギョロリとした男である。絽《ろ》羽織に路考茶《ろこうちゃ》の角帯。黒鞘の脇差《わきざし》を手にしていた。狛蔵らしい。親分らしい貫禄がある。

「狛蔵、御用だ！」

声を上げたのは、栄造だった。その声で、数人の捕方が狛蔵の前に走った。戸口近くにいた村上も駆け寄り、

「狛蔵、神妙に捕縛に就けい！」

と、十手をむけた。

狛蔵は無言で捕方を睨《にら》みつけていたが、犬どもが、と吐き捨てるように言う

と、脇差を抜いた。抵抗するつもりらしい。

栄造をはじめ数人の捕方が狛蔵に十手や六尺棒をむけ、じりじりと間をつめていく。巨熊を取り囲んだ猟犬のようである。


一方、源九郎は渋沢と対峙していた。間合はおよそ四間。まだ、遠間である。

渋沢は足場を確かめるように摺《す》り足で、半間ほど前に動いた。雑草が地面をおおっていたが、草丈は低く、足に絡み付くようなことはなさそうだった。

「鏡新明智流、華町源九郎」

源九郎が名乗った。

「渋沢小十郎。一刀流だが、むかしのことだ。いまは、渋沢流だな」

渋沢が口元にうす嗤《わら》いを浮かべて言った。

若いころ一刀流を学んだが、いまは自己流ということらしい。おそらく、多くの修羅場をくぐるなかで身につけた殺人剣を遣うのであろう。

「まいるぞ」

源九郎は青眼に構えた。

渋沢は無言のまま下段に構えた。切っ先が地面に付くほど低い下段である。その刀身が、朝陽を反射《はね》て淡い蜜柑色《みかんいろ》にひかっている。

渋沢の全身に気勢が満ち、痺《しび》れるような殺気を放射していた。下から突き上げてくるような威圧がある。

源九郎は気魄を内に秘め、気を鎮めて渋沢の斬撃の起こりをとらえようとした。

つ、つ、と渋沢が足裏を摺るようにして身を寄せてきた。切っ先が雑草を分け、かさかさと音をさせた。蛇が叢《くさむら》を這《は》うような音である。

ふと、渋沢が寄り身をとめた。一足一刀の間境のわずか手前である。

ここまでの動きは、初めて対戦したときと同じだった。

が、次の動きがちがった。渋沢は低い下段から刀身を上げて、切っ先を源九郎の下腹あたりにつけたのである。そして、趾《あしゆび》を這うようにさせて、じりじりと間をつめてきた。しかも、間がつまるにしたがって、全身に激しい気勢がみなぎってきたのだ。源九郎の目に渋沢の全身が膨れ上がったように見えた。全身から放つ威圧が、渋沢の体を大きく見せているのだ。

源九郎は気を鎮めた。気が乱れれば、渋沢の術中に嵌《は》まり、源九郎の構えに隙が生ずるはずである。

渋沢の寄り身がとまった。

フッ、と渋沢の肩先が沈んだ。刹那、渋沢の全身がさらに膨れ上がったように見えた。

次の瞬間、渋沢の全身から鋭い剣気が疾《はし》った。

イヤァッ！

裂帛《れっぱく》の気合が大気を劈《つんざ》き、渋沢の体が躍った。踏み込みざま、下段から脇腹をねらって切っ先を撥《は》ね上げたのだ。

間髪をいれず、源九郎が反応した。

青眼から、突き込むように敵の手元へ斬り込んだ。

チャリッ、という刀身の触れ合う音がし、渋沢の切っ先が沈んで源九郎の膝先をかすめて流れた。源九郎の刀身が、渋沢の刀身を上から押さえたのである。

次の瞬間、ふたりは前に走り、交差しざま二の太刀をふるった。

源九郎は刀身を横に払い、渋沢は袈裟《けさ》に斬り下ろした。ふたりの体が擦れ違い、間を取ってから反転した。

一瞬の勝負だった。

源九郎の着物の胸部が斜に裂けた。肌に血の線がはしり、ふつふつと血が噴いた。だが、皮膚を浅く裂かれただけである。

一方、渋沢の左の二の腕が裂け、血がほとばしり出ている。渋沢は左腕をだらりと垂らしたままだ。源九郎の鋭い一撃は、渋沢の上腕の骨をも截断《せつだん》したのである。

「お、おのれ！」

渋沢の顔が憤怒にゆがんだ。目がつり上がり、口をひらいて牙のように歯を剝《む》き出している。

渋沢は右手だけで刀を構えようとしたが、刀身がワナワナと震えて構えられない。左手を失った激痛と興奮が身を顫《ふる》わせているのである。

「渋沢、勝負はついた」

源九郎は刀身を下ろした。ここから先は町方にまかせようと思ったのである。

「華町！　まだだ」

叫びざま、渋沢が右手で刀身を振り上げて迫ってきた。

そして、源九郎の頭上めがけ、片手だけで斬り下ろしたが、子供でもかわせるような緩慢な動きだった。

源九郎は脇に跳んで斬撃をかわし、渋沢の体が前へ泳ぐところを鋭く斜に斬り上げた。

ピッ、と渋沢の首筋から一筋の血が飛び、つづいて血飛沫《ちしぶき》が噴出した。源九郎の切っ先が首の血管《ちくだ》を断《ま》ったのである。

渋沢は血飛沫を撒きながらよろめき、足をとめると、腰から沈み込むように転倒した。叢につっ伏した渋沢の首筋から血の流れ落ちる音が聞こえたが、悲鳴も呻《うめ》き声も洩《も》れてこなかった。絶命したようである。

「終わったな」

源九郎は血刀を手にしたまま、狛蔵の方に目をやった。

狛蔵は、脇差をふりまわして取りかこんだ捕方に抵抗していた。怒りに目を剝き、顔を赭黒《あかぐろ》く染めていた。元結の切れたざんばら髪を激しく振り乱している。仁王のような憤怒の形相である。

「脇から、棒で突け！」

村上が叫んだ。

と、狛蔵の左手にいた大柄な捕方が、六尺棒を狛蔵の脇腹目がけて突き出した。

棒の先が狛蔵の脇腹に食い込み、狛蔵は呻き声を上げてよろめいた。

　これを見た栄造がすばやく踏み込みざま十手をふるい、狛蔵が手にしていた脇差をたたき落とした。

　すかさず、ふたりの捕方が狛蔵に飛び付き、足をかけて引き倒すと、両腕を後ろに取って早縄をかけた。

「始末がついたようだな」

　源九郎は納刀して、きびすを返した。

　これから、村上たちは残っている狛蔵の手先も捕縛するであろうが、町方が手を焼くような相手はいないだろう。これ以上、源九郎がこの場にとどまる必要はないのである。

「旦那、血が！」

　孫六が源九郎の胸を見て声を上げた。

「かすり傷だよ」

　源九郎は歩きだした。傷の幅はひろかったが、薄く皮膚を裂かれただけである。放っておいても治るだろう。

「旦那、どうしやす」

　孫六が後を追ってきた。

「腹が減った。長屋に帰ってめしを食おう」

源九郎が言うと、なぜか孫六は嬉しそうな顔をして身を寄せ、

「旦那、あっしの家でいっしょに食いやしょう」

と言って、笑みを浮かべた。

四

……旦那、起きてますか。

腰高障子の向こうで、お熊の声がした。

流し場で柄杓《ひしゃく》に水を汲み、水を飲んでいた源九郎が振り返って見ると、障子に人影が二つ映っていた。

「入ってくれ」

源九郎がそう言うと、初夏のまばゆい朝陽といっしょに、ふたりの女が入ってきた。お熊とおとせである。

「旦那、食べておくれよ」

お熊の手には大きな丼があり、握りめしが四つも入っていた。

すると、おとせも嬉しそうな顔をして、

「あたし、作りすぎちゃってさ。仙吉とふたりじゃァ食べきれないんだよ」

そう言って、丼を差し出した。筍《たけのこ》の煮物である。旨《うま》そうな狐色をしている。

「これは、ありがたい。実はな、すこし寝過ごしてしまってな。朝めしが炊いてなかったのだ」

源九郎は喜んだ。めしの支度をするのが面倒だったので、朝めしは水でも飲んで我慢しようと思っていたところだったのだ。

「ねえ、旦那、いいことがあるんだよ」

お熊が目を細めて言った。

「なんだ、いいこととは？」

「おとせさんから、言いなよ」

お熊が肘でおとせの肩をつついた。

「せ、仙吉が、今日から奉公することになったんです」

おとせが、声をつまらせて言った。

「よかったな。それで、奉公先はどこだ」

「上総屋さんです。あるじの篤左衛門さんが番頭さんから仙吉のことを聞いて、そういう親思いの子がいるなら、店《うち》で奉公させてみないかと言ってくれたんです」

そう言って、おとせは目頭を押さえた。

「おとせも、苦労して育てた甲斐《かい》があったではないか。これからは、仙吉に孝行してもらうんだな」

「こ、これも、旦那のお蔭です」

おとせは両手で顔を押さえ、込み上げてきた嗚咽《おえつ》に耐えていた。

「わしだけではないぞ。お熊もそうだし、長屋のみんなのお蔭だな」

長屋の住人がみんなで、おとせと仙吉を助けようとした結果だろうと源九郎は思った。

それから、おとせは何度も礼を言い、お熊にうながされて、戸口から出て行った。

「お熊、頼みがある」

源九郎が、お熊の背に声をかけた。

「なんだい」

お熊が振り返った。

「菅井に、ここへ来るように声をかけてくれんか。わし、ひとりでは食べきれん」

源九郎は、どうせ菅井も朝めしの支度はしてないだろうと思ったのである。

「分かった」

お熊が、にんまりと笑った。

いっとき待つと、菅井が将棋盤を抱え、貧乏徳利を手にしてやってきた。

「おい、将棋をやるつもりか」

「そうだ」

菅井は、当然のことのように言った。

「今日は雨ではないぞ」

菅井の生業《なりわい》は居合抜きの見世物だが、雨の日は商売にならない。そのため、雨が降ると好きな将棋をするため、かならずといっていいくらい源九郎の部屋に姿を見せるのだ。

「今日は祝いでな、仕事を休むことにしたのだ」

「何の祝いだ」

「仙吉が奉公に出ることになったそうではないか。その祝いだ。ほれ、こうやって祝い酒も持参したぞ」

菅井が手にした貧乏徳利を持ち上げて見せた。

「ま、いいか」

今日は、仙吉とおとせ母子《おやこ》の新しい門出の日と言えないこともない。それに、源九郎のふところは暖かかったので、傘張りをする気もなかったのだ。

「めしを食い、酒を飲みながら将棋を指す。まさに、至福だな」

菅井はニヤニヤしながら座敷の真ん中に腰を下ろした。

源九郎も将棋盤の前に腰を下ろし、握りめしを手にしたまま駒を並べ始めた。

数手駒を動かしたとき、菅井が、

「辰造たちが、どうなったか聞いているか」

と訊《き》き、パチリ、と銀の前に歩をついてきた。いい手と思ったらしく、指先に力が入っている。

源九郎や菅井たちが、狛蔵の賭場と千鳥屋を奇襲して十日ほど過ぎていた。渋沢は死んだが、狛蔵、賭場にいた手下たち、辰造、宗次郎、玄助、それに利根助たち数人の伊達若衆が町方に捕縛されていた。

「栄造の話ではな、狛蔵、辰造、宗次郎、それに玄助は、これまでのこともあるので死罪はまぬがれんということだな」

源九郎は長屋に顔を出した栄造から聞いていたのだ。

栄造によると、岡っ引きの徳造も、狛蔵の指示で、辰造と宗次郎で殺し、死体を大川に流して始末したそうである。

「若衆どもは」

「栄造もはっきりしたことは分からんようだが、まァ、死罪ということはあるまい。利根助たちの強請《ゆす》りは失敗して、金を手にしてないそうだからな」

そう言って、源九郎は銀を角の前に動かした。三手ほどで角がつむ。なかなかの妙手である。

菅井は低い唸《うな》り声を上げて、将棋盤を睨んでいたが、

「この銀、待てんか」

と、ぼそりと言った。

「待てんな」

「うむ……。銀をとれば、角がつむ」

菅井が目をつり上げて、ガブリと握りめしに噛みついた。

そのとき、戸口で足音がし、いきなり腰高障子があいて、孫六と茂次が顔を出した。孫六は丼を手にし、茂次は貧乏徳利を提げている。

「どうした」

源九郎が訊いた。

「旦那方が一杯やってると、お熊に聞きやしてね。あっしらも仲間に入ろうと思ったんでさァ」

孫六が目を細めて言った。手にした丼には煮染《にしめ》が入っていた。おみよが作ったものであろう。

「茂次、仕事は」

茂次には、研ぎ屋の仕事があるはずである。

「ヘッヘヘ……。今日は、仙吉の奉公先が決まった祝いですぜ。仕事なんかに、行ってられますか」

そう言うと、座敷に上がってきて、将棋盤を覗き込んだ。

「茂次、どうせなら、三太郎にも声をかけたらどうだ」

源九郎は、こうなったらみんな集めて賑やかにやろうと思った。三太郎は朝寝坊なので、いまごろ起き出したころだろう。

「おっ、そうだ。やつを忘れてた」

茂次が、すぐに立ち上がり、戸口から飛び出して行った。

「華町、この銀、待てんか」

菅井は、渋い顔をして将棋盤を睨みつけている。左手に持った握りめしは食いかけたままである。

その菅井の脇に孫六が腰を下ろし、流し場から持ってきた湯飲みに酒をついで、勝手に飲んでいる。酒好きの孫六は酒さえあれば御満悦なのだ。

……おかしな連中だが、憎めんな。

源九郎は胸の内でつぶやき、待てん、と声を大きくして言った。

双葉文庫

と-12-20

はぐれ長屋《ながや》の用心棒《ようじんぼう》

おっかあ

2009年4月19日　第1刷発行

【著者】
鳥羽亮《とばりょう》

【発行者】
赤坂了生
【発行所】
株式会社双葉社
〒162-8540 東京都新宿区東五軒町3番28号
［電話］03-5261-4818（営業）　03-5261-4833（編集）
http://www.futabasha.co.jp/
（双葉社の書籍・コミックが買えます）
【印刷所】
慶昌堂印刷株式会社
【製本所】
株式会社若林製本工場

【表紙・扉絵】南伸坊
【フォーマット・デザイン】日下潤一
【フォーマットデジタル印字】飯塚隆士

ISBN978-4-575-66376-1 C0193
Printed in Japan

鳥羽亮

華町源九郎江戸暦
はぐれ長屋の用心棒

長編時代小説〈書き下ろし〉

気侭な長屋暮らしに降ってわいた五千石のお家騒動。鏡新明智流の遣い手ながら、老いを感じ始めた中年武士の矜持を描く。シリーズ第一弾。

鳥羽亮

はぐれ長屋の用心棒
袖返し

長編時代小説〈書き下ろし〉

料理茶屋に遊んだ旗本が、若い女に起請文と艶書を掏られた。真相解明に乗り出した華町源九郎が闇に潜む敵を暴く!! シリーズ第二弾。

鳥羽亮

はぐれ長屋の用心棒
紋太夫の恋

長編時代小説〈書き下ろし〉

田宮流居合の達人、菅井紋太夫を訪ねてきた子連れの女。三人の凶漢の魔手から母子を守るため、人情長屋の住人が大活躍。シリーズ第三弾。

鳥羽亮

はぐれ長屋の用心棒
子盗《こと》ろ

長編時代小説〈書き下ろし〉

長屋の四つになる男の子が忽然と消えた。江戸では幼い子供達がいなくなる事件が続発。神隠しか、かどわかしか？ シリーズ第四弾。

鳥羽亮

はぐれ長屋の用心棒
深川袖しぐれ

長編時代小説〈書き下ろし〉

幼馴染みの女がならず者に連れ去られた。下手人糾明に乗り出した源九郎たちの前に立ちはだかる、闇社会を牛耳る大悪党。シリーズ第五弾。

鳥羽亮

はぐれ長屋の用心棒
迷い鶴

長編時代小説〈書き下ろし〉

源九郎は武士にかどわかされかけた娘を助けた。過去の記憶も名前も思い出せない娘を襲う玄宗流の凶刃！ シリーズ第六弾。

鳥羽亮

はぐれ長屋の用心棒
黒衣の刺客

長編時代小説〈書き下ろし〉

源九郎が密かに思いを寄せているお吟に、妾にならないかと迫る男が現れた。そんな折、長屋に住む大工の房吉が殺される。シリーズ第七弾。

鳥羽亮

はぐれ長屋の用心棒
湯宿《ゆやど》の賊

長編時代小説
〈書き下ろし〉

盗賊にさらわれた娘を救って欲しいと船宿の主が華町源九郎を訪ねてきた。箱根に向かった源九郎一行を襲う謎の刺客。好評シリーズ第八弾。

鳥羽亮

はぐれ長屋の用心棒
父子凧《おやこだこ》

長編時代小説
〈書き下ろし〉

俊之介に栄進話が持ち上がり、喜びに包まれる華町家。そんな矢先、俊之介と上司の御納戸役が何者かに襲われる。好評シリーズ第九弾。

鳥羽亮

はぐれ長屋の用心棒
孫六の宝

長編時代小説
〈書き下ろし〉

長い間子供の出来なかった娘のおみよが妊娠した。驚喜する孫六だが、おみよの亭主・又八が辻斬りに襲われる。好評シリーズ第十弾。

鳥羽亮

はぐれ長屋の用心棒
雛《ひな》の仇討ち

長編時代小説
〈書き下ろし〉

両国広小路で菅井紋太夫に挑戦してきた子連れの武士。藩を二分する権力争いに巻き込まれて江戸へ出てきたらしい。好評シリーズ第十一弾。

鳥羽亮

はぐれ長屋の用心棒
瓜ふたつ

長編時代小説
〈書き下ろし〉

奉公先の旗本の世継ぎ問題に巻き込まれ、浪人に身をやつした向田武左衛門がはぐれ長屋に越してきた。そんな折、大川端に御家人の死体が。

鳥羽亮

はぐれ長屋の用心棒
長屋あやうし

長編時代小説
〈書き下ろし〉

はぐれ長屋に遊び人ふうの男二人と無頼牢人二人が越してきた。揉めごとを起こしてばかりいたその男たちは、住人たちを脅かし始めた。

鳥羽亮

はぐれ長屋の用心棒
おとら婆《ばあ》

長編時代小説
〈書き下ろし〉

六年前、江戸の町を騒がせた凶悪な夜盗・赤熊一味。その残党がまた江戸に舞い戻り、押し込み強盗を働きはじめた。好評シリーズ第十四弾。